ファミリー・レポート 2

KAZUSA
一咲

CHOCOLAT
BUNKO

ILLUSTRATION ひなこ

CONTENTS

1

お疲れさまです、とかけられた研修生の声に応じながら、水野《みずの》は正面玄関の自動ドアを潜《くぐ》った。回診とカンファレンスが珍しくスムーズに片づいたおかげで、見上げた先の空は未だほんのりと夕暮れの色合いを残している。

水野は薄手《うすで》のコートのポケットから携帯を取り出し、手早く一通のメールを打つ。『今日は早く上がれた。七時前には着く』と本文の入力を済ませてから、宛先の名が〝瀬名春樹《せなはるき》〟であることを確かめる。

水野にメールを打つ習慣はない。病院からの連絡は仕事用の携帯に掛かってくることが常だが、個人用の携帯も師長や親しい同僚の名が登録されている。こんなメールを誤って送信したが最後、明日の出勤早々に、ネタ好きの同僚がにやにやと笑いながら医局に駆けこんでくることはまず間違いがなかった。

千床を超える大学病院とあって、正門を出てすぐの大通りには、病院の名を冠したバス停が設けられている。患者はもとより、水野のようにここを通勤に使う医者や看護師も多い。すでに頭に入っている時刻表の時間と、待ち受け画面の時計の時刻を照らし合わせていれば、やがて一通のメールが届く。十八時を回っていくらか経っている時間を見るに、おそらく瀬名も退勤を済ませているのだろう。『おつかれ。なに食いたい？』と、そっけなくもこちらを労《ねぎら》ってくれていると解る文面に、水野の目尻がかすかに和《やわ》らぐ。

　到着したバスに乗りながら、夕飯のリクエストを考える。頭は「なんでもいい」と即座に返答を浮かべていたものの、瀬名いわく「なんでもいい」がいちばん困る返事らしい。三日連続でその返答をした時はいたく拗《す》ねられ、しばらく葵《あおい》にまで無用の心配をかけさせたものだった。

　気づけば、窓の外はとっぷりと夜に沈んでいる。後ろへ後ろへと流れていくビルの明かりをなんとはなしに眺めながら、『からあげが食べたい』と返した。昼の回診の時、オペを担当した患者が、病院食の味気なさを嘆きつつ「母さんのからあげが食べたい」と漏《も》らしていたことを思い出したせいだった。鎮痛剤《ちんつうざい》の服用が重なり、二十代後半にして肝炎《かんえん》を起こした食べ盛りの若者にとって、病院食の量の少なさはたしかに堪《こた》えるものがあるだろう。

食欲があることに安堵《あんど》しながら、水野が思い出したのは、いつぞや瀬名が作ったものの味であるのだから、おそらくこの胃はすっかりと彼の手中に収められている。――それを口にして伝えたら、きっと彼は「いつ俺がおまえの母親になった！」と肩をいからせて怒るだろうけれど。

　瀬名から送られた『了解』の二文字を確認し、水野はちょうど空いた目の前の座席に腰をおろした。手持ち無沙汰に携帯を弄り、つい昨日送られてきたばかりの葵の写真を眺める。瀬名が向けているカメラに気づき、満面の笑みでこちらにピースをしているその写真を見れば、一日の疲れなどいとも容易《たやす》く消し飛んだ。

 つい半年ほど前までは、初期設定の画像しか入っていなかった水野の携帯の画像フォルダは、今や瀬名から送られてきた葵の写真で埋まっている。どうやら瀬名は、携帯を買い替えるにあたりカメラの性能に重きを置いていたらしく、それを耳にした時は思わず笑ってしまった。口を滑らせた瀬名はしばらくわなわなと顔を真っ赤にして震えていたが、水野にとっては嬉しいことに変わりはない。葵の写真を撮るために、自分の携帯のカメラの性能にこだわるなんて、彼自身が自分たちを〝家族〟だと感じていなければ浮かばない発想だ。たとえそれが無意識だったとしても。

聞き慣れた停車駅のアナウンスにボタンを押し、人の流れに従ってバスから降りる。マンションやアパートが軒《のき》を連ねる住宅街を通るこの路線は、乗降客の入れ替わりが激しい。排気ガスを吐き出しながら去っていくバスの音を背後に聞きつつ、水野は自宅に向かって歩みを進めようとし——その足はすぐにぴたりと止まった。

「おかえりなさい！」と高く響いた声は、聞き間違いようもないものだ。

飛びつかんばかりに駆け寄ってきた軽い身体をひょいと抱え上げてから、「おかえり」と片手を挙げている瀬名と視線を合わせる。保育園に葵を迎えに行き、そのまま帰りを待っていたのか、スーツにスーパーの袋を提《さ》げた姿はさながら父親のそれであり、自然と水野の頬が緩んだ。

「ただいま。早かったな」

「まだ手加減《てかげん》してくれてるんだと思うぜ。あと一か月で研修終わるし、そっからどうなるか分かんねえけど」

「そうか。大変だな」

「――いや、おまえに言われたら嫌味だろ」

笑いながら瀬名は呟《つぶや》く。繁忙期《はんぼうき》が二か月に一度訪れるというのは、他ならない瀬名から聞かされた話だ。入社したばかりでは馴染《なじ》むのも一苦労だろうと思っての労いだったが、どうやら不要の気遣いであったらしい。たしかに、水野の職場に繁忙期や閑散期《かんさんき》といった波は存在しない。言うなれば毎日が台風である。

「今日早いってことは、明日遅いのか？」

「分からん。が、来週はオペが立てこんでいるから、まずこの時間に帰るのは無理だな」

「次の当直は？」

「二日後だ」

「ん。了解」

「――ねえ！　今日からあげだって！」

会話に置いていかれることに焦《じ》れたのか、腕の中の葵が不意に声を張る。ありありと解る『構《かま》って』の合図に瀬名と目線で笑みを交わし、水野は「ああ」と軽く応じた。

「食べたいって言っておいたからな。楽しみだ」

「うん！」

「……焦《こ》がしても残すなよ？」

「もうそんなヘマはしないだろう？」

瀬名の料理が上達していく過程をだれよりも近くで見ていたのは他ならない水野と葵である。初めて出された炭のようなハンバーグを不意に思い出し、水野は声を抑えて笑った。大雑把《おおざっぱ》に見えて人の変化に目聡《めざと》い瀬名がそれを見逃すはずもなく、瞬《また》く間に不服げな横目を向けられる。

「……おまえ、今なに思い出したか言ってみろ」

「悪い。つい」

「笑いながら言ったって説得力ねーんだよ！」

水野がなにを思い出して笑っているのかさえ見通しているのだろう。なおも不満を丸出しにマンションのエントランスを潜る瀬名の後ろに続きつつ、スーツの背中をぽんと一度だけ軽く叩いた。

「感謝してる。本当に」

「……それ、今言うことかよ」

「いつも言おうとは思ってる。言わせてくれないのはおまえだろう」

水野が呆《あき》れたように肩を竦《すく》めれば、瀬名は早足にエレベーターへと乗りこんだ。相変わらず、彼はストレートな言葉に弱い。水野とは比べものにならないほど素直で無邪気《むじゃき》な葵の言葉に照れくさげに笑う表情は、半ば同棲の状態になった今もよく見られる反応だった。粗野な言動とは裏腹に、相手を思う感謝や好意の言葉を〝当たり前〟のものとして流してしまわないところも、水野が瀬名を好ましく思う部分のひとつである。

エレベーターを降り、瀬名が鞄から鍵を取り出す。かちゃりと響いた音を聞くと同時にドアノブへと手を伸ばし、我先にドアを開けた葵が言う「ただいま！」の高い声に、瀬名と水野はほぼ同時に破顔《はがん》した。

「おう。ただいま」

ぱちりと玄関の明かりをつけてやりながら、瀬名が言う。「おまえもな」

「ああ」

首肯《しゅこう》し、水野も「ただいま」と告げ、革靴を脱ぐ。――〝家に帰ったら、必ず『ただいま』を言うこと〟という最初にした約束は、瀬名と出会った半年ほど前から一度も破られたことがない。

「俺メシの支度すっから、風呂沸かしてくんねえ？　お湯溜まったら葵と先入ってくれっと助かる」

「分かった」

リビングの明かりを点けると同時にスーパーのビニール袋を漁《あさ》り始めた瀬名に、葵の「はるくん手洗ってない！」というお叱《しか》りの声が響く。微笑ましい叱責《しっせき》に再び頬を緩めながら、水野もまた葵から叱られるよりも先に洗面所の扉を潜った。

瀬名が夕飯の支度に取りかかったところで、葵を風呂に連れていく。いくら外科《げか》への異動は叶っているとはいえ、葵が起きている時間帯に水野が帰宅できる日はまだ少ない。「今日はお父さんと一緒に入ろう」と提案すると、それから葵はひっきりなしに、ここ数日の出来事をいたく楽しげに語って聞かせてくれる。

保育園の友達のこと、瀬名にしてもらったこと。水野であったら見落としてしまいそうな小さなことまで余さず話して聞かせようとしてくれる笑顔に、上手く言葉を返せないことがもどかしい。子ども独特の擬音や表現はしっかりと意味を理解できないことも多々あるが、身振り手振りでお湯を跳ねさせながら喋る娘を可愛く思わない親はいないだろう。葵がのぼせないように気をつけつつ、水野も口下手ながらに相槌《あいづち》を打っていた。

頭を洗ってやるために目と口を閉じさせてから、シャンプーを泡立てる。茶色みが掛かった柔らかい髪を優しく洗い、白い泡を流せば、今しがたまで満面の笑みを浮かべていた葵の表情が、いつの間にか曇《くも》っていたことに気づく。水野は眼を瞠《みは》った。

「どうした？　痛かったか？」

「ううん」

葵は首を横に振る。

「きのうね、はるくんとお風呂はいったんだよ」

「──うん？　そうだな」

葵はまだひとりで風呂には入れない。水野が入れていないのだから瀬名が入れたに決まっていたが、物言いたげな視線が、話はまだ終わっていないことを如実《にょじつ》に語りかけている。水野は内心で首を傾げつつ葵の言葉の続きを待った。

「……あいつがどうかしたか？」

「はるくんね、お風呂とご飯のときだけさみしそうなんだよ」

「そうなのか？」

「うん」

葵が冷えてしまわないように手早くリンスを洗い流し、柔らかいスポンジで身体を洗いながら問い返せば、何度も力強く葵が頷《うなず》く。ともすれば縋《すが》っているようにも取れる反応に、水野もまた先ほどまでの瀬名の様子を思い返してはみたものの、いかんせん水野は他人の感情の機微《きび》に疎《うと》い。

「……すまない。お父さんには分からなかった」

「さっきは嬉しそうだったよ。お父さん帰ってきたもん」

水野にとってはこの上なく嬉しい事実を織り交ぜながら、葵は「そうじゃなくって」ともどかしげに唇を尖《とが》らせる。

「元気ないんだよ」

「――それは、心配だな」

「うん」

洗い終えた身体を抱き上げて再び湯船《ゆぶね》に浸《つ》からせてやりながら、水野も原因について考えてはみたが、葵でさえ思い至ることのできない瀬名の感情に、ポンコツな自分の思考が辿り着けるはずもない。恋人として不甲斐《ふがい》ないばかりではあるのだが。

湯気の中で頬を仄《ほの》かに赤く染めながら、葵がじっと水野を見つめる。――その視線は、欲しいものをねだる時に発揮《はっき》される葵の必殺技だと、ここ半年ほどで水野は実感していた。

「お父さん、はるくん元気にして」

「……ああ。分かった」

まさか「善処《ぜんしょ》する」と応えるわけにもいかず、神妙《しんみょう》に水野は頷いた。「約束だからね」と畳《たた》みかけてくる葵に苦笑しながら、十を数えて上がらせる。「でたよー！」と台所の瀬名を呼ぶ葵に「あいよー」と応える瀬名の声を聞きながら、ひとりで湯船に浸かったまま、水野は眉間に皺《しわ》を寄せた。

「元気にして、か……」

ほぼ毎日顔を合わせてはいるが、水野が瀬名について知っていることはまだ少ない。ともすれば葵のほうがよほど瀬名のことを元気づけられるのではないだろうか——と自然に思い至ってから、水野は苦笑とともに首を横に振り「このポンコツめ」とひとりごちた。


夕食を終え、水野が洗い物を終えたところで、瀬名が風呂から上がってくる。水野が早く帰宅した日は、できる限り家事を分担《ぶんたん》するというのが、半同棲状態になってからの二人の間の決まりごとだった。

風呂から出た葵はまだ起きていたいと言いたげな表情でじっと水野を見つめていたが、時計の針は九時を回っていた。甘やかしてやりたい気持ちも、自分もまだ葵と話していたい気持ちもあったが、心を鬼にして——と言ったら瀬名はおそらく爆笑するだろうが——葵に「おやすみ」を告げる。相変わらず四歳とは思えない物分りの良さで大人しく頷いた葵は、瀬名に手を引かれながら「おやすみ、お父さん」と、寝室へと向かっていく。その背中はしばらく寂しげに水野の視界に映っていたが、瀬名が「今日はどれ読む？」と問いかけた瞬間に「ながぐつをはいたねこ！」と返事をしており、水野も頬を緩めた。本棚には、寝る前に読み聞かせをするための絵本が着々と増やされている。

突然静かになったリビングに一抹《いちまつ》の寂しさをおぼえつつ、水野は冷蔵庫から缶ビールを二本取り出し、テレビから流れる天気予報を聞いていると、明日も気持ちの良い青空が広がるでしょう――と気象予報士が告げていた。ぼんやりと聞きつつテレビに目をやれば、そこには四月二十日から始まっている週間天気予報が映し出されており、ビールを開けようとしていた手がぴたりと止まった。

がたんと椅子を鳴らして立ち上がり、水野は葵の診察券や母子手帳が入っている戸棚の引き出しを開ける。赤いバインダーに纏《まと》められている診察券やおくすり手帳をばさばさと押しのけ、水野は葵の母子手帳を探した。

「……なにやってんだ？」

「――ああ、いや」

葵を寝かしつけた瀬名がリビングに戻ってくるや、家探しもかくやの勢いで戸棚を漁っていた自分に訝《いぶか》しげな視線が向けられる。無理もない。だが、先日まで視界を楽しませてくれていた桜の花は、すっかり青々とした葉桜へとその趣《おもむき》を変えている。四月に外科へ異動となってからあっという間に過ぎていった二十日間に、にわかに水野の焦りが増す。

ようやく見つけた母子手帳の表紙には、交付日と保護者の氏名、そして葵の氏名と生年月日が記されていた。

――水野葵、平成二十四年五月二十日生。おぼろげな記憶と相違ない日付に、気づかないままこの日を迎えてしまわなくてよかった……と、水野は心底安堵した。

「――母子手帳？」と、水野の手元を覗きこみ、瀬名が問う。

「どうした？　なんかあったか？」

「……明日が四月二十日だと天気予報で気づいてな」

まさか実の娘の誕生日を確かめるためにこれを探していたとは白状できず、水野は歯切れ悪く言いつつ視線を逸らす。瀬名はしばらく怪訝《けげん》そうに水野の様子を窺っていたものの、やがて合点がいったのかぐっと形の良い眉を顰《ひそ》めた。

「――おまえ、まさか……葵の誕生日確かめにそれ探してたんじゃねえだろうな？」

「すまない」

「……マジかよ」

はあっ、と大きく溜息《ためいき》を吐《つ》き、瀬名は呆れたと言わんばかりの表情でテーブルへと戻っていく。水野は瀬名の様子に内心で首を傾げた。

「おまえ、いつ知った？」

「葵が風邪こじらせた時に保険証で見て、それで」

「……さすがだな」

「や、普通忘れねえからな？　自分の娘の誕生日」

視線で「座れば？」と促され、水野も瀬名の正面の椅子を引く。今しがたまで天気予報を流していたニュース番組は、いつの間にか名前の分からないドキュメンタリー番組へと移り変わっていた。

水野も瀬名もテレビ番組に関心を持つタイプではなかったが、この二人にとってのテレビとは、無言の時間をそれとなく受け流すための都合の良い機械である。たとえ沈黙を気まずく思わない間柄であろうとも、静寂《せいじゃく》が満ちるリビングで顔を突き合わせたいとは思わなかった。

どちらからともなく手元のビールのプルトップを引いてから、「おつかれ」と軽く缶をぶつけ合う。瀬名はさして興味もないだろうドキュメンタリー番組を横目に眺めながら、男らしくビールの缶を傾ける。

「もう忘れんなよ。……つっても、俺が言うまでもねえだろうけど」

「——意外だな」

「あ?」

「おまえのことだ。『テメエの娘の誕生日忘れてんじゃねえ』とでも怒鳴《どな》られるかと思ったが」

「……別に……今までのおまえだったら母子手帳すら探そうともしてねえだろ。確かめようとしただけで成長なんじゃねえの」

「ずいぶんと程度の低い成長だな」

「自分で言ってちゃ世話ねえわ」

　呆れたように瀬名が言い、そこで二人の会話は途切れる。葵のことをこの上なく可愛がっている瀬名のことだ。てっきりそのまま誕生日をどう祝うか、という話題に移っていくと思っていた水野は、不意に訪れた沈黙に首を傾げる。

　顔色が悪いわけではない。だが、いつもより瀬名の醸し出す空気は静かだった。先ほど葵に『はるくん元気にして』とねだられたことを思い出し、水野は探るように瀬名へ視線を向けてはみたが、やはり水野の洞察力《どうさつりょく》では瀬名の感情の深いところに触れることはできなかった。水野はじっと瀬名を見つめたまま、やがて静かに唇を開く。

「なにかあったか？」

「……なにか、って。なにが」

「あいにく俺は他人の感情を読み取れるタイプの人間じゃない。——だが、いくら俺でも、おまえにいつもの元気がなければ気にはなる」

「ちょ、元気って」

　思わずといった調子で瀬名が噴き出す。

「ガキみたいな言いかたすんなよ。葵にでも言われたのか？」

「バレたか」

　つられたように水野も破顔する。

「さっき『はるくん元気にして』とせがまれたところだ。俺ならまだしも、葵を不安にさせるとはおまえらしくないな」

「悪ィ」

「責めているわけではない。心配なだけだ。俺も葵も」

眼を見てはっきりと言い切ると、瀬名は少し気まずげに視線を伏せた。水野は沈黙にありったけの優しさをこめて瀬名の言葉の先を促しつつ、ビールの缶を傾ける。らしくもなく緊張しているのか、味はもう感じ取ることができなかった。

「疲れてただけ、っつッても、解放しちゃもらえねえんだろうな」

「おい。尋問《じんもん》しているつもりはないぞ」

「分かってるよ。ごめん」

しおらしい謝罪に首を横に振れば、ぽつりと「コウシンキゲン」と瀬名が言う。不意に告げられたその呟きは咄嗟《とっさ》に意味のある単語にすることができず、思わず水野は押し黙る。

「俺んちの更新期限、五月末までなんだよ」

「あの賃貸マンションか？」

「そう」

「……なんだ、そんなことか？」

ぽかんと眼を見開く水野に、瀬名は「そんなことってなんだよ」と僅《わず》かに唇を尖らせる。

葵のクセでも移ったのかとうっかり思ってしまうほど子どもじみた仕種《しぐさ》が微笑ましく、水野は慌てて浮かべそうになった笑みを誤魔化《ごまか》す。

「もうここで暮らしているようなものだろう。俺はとっくにそのつもりでいたが」

「うん。まあ、んなこったろーなとは思っちゃいたけど」

呟くように言い、瀬名はゆるりと口角を上げる。ようやく垣間《かいま》見ることのできた素の表情に安堵し、水野もまた満足げに一度頷く。

「なら、葵の誕生日までに越してくればいい。一か月もあれば準備も事足りるだろう？　葵も喜ぶ」

はしゃぐ葵の姿に思いを馳せていると、瀬名も同じことを考えていたのか、照れたように眉尻を下げる。普段は粗野な言動に隠されているが、この男が見せる表情の変化は、眼を凝らすほど〝可愛い〟という形容が似合う。

「なんにすっかなあ」

「なにがだ？」

「は？」

瀬名本人に知られたら容赦《ようしゃ》なく拳《こぶし》が飛んでくるだろう思考を慌てて掻き消し、水野は頭を会話に戻す。瀬名はぎょっとしたように水野を見つめたのち、やがて凄むように視線を尖らせる。

「――いや、なにがって。葵の誕生日プレゼント」

低く告げられ、息を呑む。

そこまで言われてようやく水野は、これまで四回訪れていたはずの葵の誕生日を一度も祝ったことがない事実に気づいた。

「……おっまえさあ……」

「すまない」

「いや。……まあ、手前ェが気づいてんならもういいけど」

呆れたと言わんばかりにこちらを見つめる瀬名の視線がいたたまれず、水野は飲み終わったビールの缶を逃げるように握《にぎ》る。誕生日すら母子手帳を確かめなければ確信が持てない自分の情けなさもさることながら、これまで言い逃してしまった四回の「おめでとう」が惜しい。

「気づけてよかった」

「俺のおかげだな」

「ああ。ありがとう」

「バカ。直球で返してくんなよ」

照れんだろ、とはにかみながら、瀬名もまた飲み終えた空き缶を手に立ち上がる。ぷつりと落とされたテレビの電源に『寝る』という無言の意図を察し、水野も立ち上がろうとすると、すかさず「悪い」と瀬名の謝罪が降った。

「どうした？」

「……や、なんつーか。疲れてんのはガチなんだわ」と、頑なに視線を逸らしながら、瀬名はどこか言い訳がましく言葉を継ぐ。

「――だから、今日は葵んとこで寝る」

あえて感情を消しているかのような硬質《こうしつ》な声だった。一拍遅れて意味を察した水野は咄嗟に口元を覆ったものの、震える肩を押し留《とど》めることまではできなかった。

「っ、くく」

「――～～っの、笑うな！」

遠回しなお断りの文句すら可愛く思えて仕方ないのだから、まったくもって惚れた弱みは厄介《やっかい》だとしか言いようがない。瀬名は憤慨《ふんがい》したように肩をいからせリビングを立ち去ろうとしたものの、半ば反射的に水野は手を伸ばし、瀬名の腕を掴んでいた。

「――なに」

「いや？」

瀬名の引っ越しと、葵の誕生日と。――言葉に表すことの難しい温かさを噛みしめていたせいで、浮き足立っている自覚はあった。しばらくじっと視線を合わせていれば、やがて瀬名は水野の意図を察し、諦《あきら》めたように一度肩を竦めた。

不意に、するりと瀬名の右手が伸びる。少し伸びた前髪を持ち上げるような動きで視界を覆い隠してから、唇に淡い温もりが触れる。

「っ、」

両眼は甘んじて塞がせてやったまま、瀬名の背を引き寄せ、舌先で薄い唇をなぞる。びくりと跳ねた肩をあやすように撫でれば、やがておずおずと唇が開かれ、水野は胸の内で小さく笑んだ。

「ふ、……ッ、」

未だ戸惑いが滲《にじ》む瀬名の舌を引き摺《ず》り出しながら、唾液《だえき》を絡めつつ口内を貪《むさぼ》る。くちゅりとかすかに響いた水音を拾い、過敏に反応を示す背を抱きながら好きなだけキスを堪能《たんのう》し、ようやく水野は瀬名の身体を解放する。

「——やりすぎ」

ゆるりと落ちた瀬名の右手に滲む汗は、水野も目蓋《まぶた》で感じ取っていた。

「寝れなくなったらどうすんだよ」

「その時は諦めて俺のところに来い」

「バッ……カ！　おまえ、ほんと、ねーわ」

仄かに耳を赤く染めながら頭を叩《はた》かれたところで痛くも痒《かゆ》くもなかったが、それを口にすれば最後、瀬名は本格的に機嫌を損ねてしまうだろう。

名残惜しく思いつつもくしゃりと髪を撫で「おやすみ」と告げる。その毎日繰り返しているごく当たり前の挨拶に、なぜか瀬名はぴたりと立ち去りかけていた足を止め、どことなく縋るような眼で水野を見た。

「……どうした？」

「――いや。なんでもない」

悪い、と、まるで誤魔化すように視線を逸らし、今度こそ瀬名は「オヤスミ」と足早にリビングを去った。なにかを言いあぐねているかのような眼の色だった。

引っ越しの許可と、まだなにか――瀬名の内側に隠されている秘密の気配を察し、しばらく水野はリビングに立ち竦んだまま瀬名の言葉の数々を思い返してはみたものの、その秘密の片鱗《へんりん》さえ掴み取ることはできなかった。

◆

「なーんか、最近おまえ浮かれてねえ？」

「――突然湧いて出たと思ったら随分《ずいぶん》な物の言いようだな」

「おまえにだきゃ言われたくねーよ。毎度毎度人を害虫みたいに言うなっつの」

湧いて出たってなんだよと笑いながら、いかにも軽薄な面立ちをした男が水野の正面の椅子を引く。

昼時を過ぎた病院の展望レストランはがらんとしており、他に空いている席などごまんとあるにも拘《かか》わらず、自分との相席を選ぶ男の物好きさに呆れてしまうが、それもまた今さらといったところだった。「げ。今日の日替わり魚かよ。肉ねーの肉」と好き勝手にぼやきながらメニューを捲《めく》る顔は、大学の時分からまるで代わり映えのない、いたく見慣れたものだった。

男は、名前を吉澤康平《よしざわこうへい》という。医学部生時代からの同期ではあるが、ストレートで入試をパスした水野と異なり吉澤は一浪しているため、年齢は水野よりひとつ年上にあたる。人好きのする軽い言動と童顔なせいで水野よりも年下に見られることのほうが多いが、既婚歴も子持ち歴も三年ほど水野より先輩だった。

もくもくと焼き魚定食を食べ進めていく水野を見遣り、にやりと吉澤は笑みを深める。

「医局でも噂になってんじゃん？　『水野先生、最近ご機嫌ですねー』っつッて」

「聞いたこともないな」

「おまえ、ちっとは自分の評判も気にしろよ？　ないよりあったほうが良いのが人望ってヤツだろ」

「……今さらなにを言う？」

「おまえにとっちゃそうだろーけどさあ」

もったいねーの、と留《とど》まることのない軽口を叩きながら、吉澤は焼肉定食をオーダーする。メモを取る食堂のアルバイトとまでフレンドリーに会話をする男を横目で見ながら、とてもではないが真似できないと水野は肩を竦める。

「それで？　なんの用だ」

「なんだよ。用がなけりゃ同期んトコにも来ちゃいけねーのかよ」

「俺といたって飯が不味《まず》くなるだけだろう」

「いーじゃんたまには。今日リョーコの弁当なくて味気ないんだよね、俺」

「道理で」

吉澤が勤める小児科は、展望レストランがある入院棟からもっとも遠く離れている。カフェのサンドイッチでは腹が満たされないと常々ぼやいている吉澤は、じきに十年目の結婚記念日を迎える妻の手製の弁当を毎日のように持参していたはずだった。水野は皮肉げに口角を上げる。

「そうか。ついに愛想《あいそ》でも尽かされたか」

「おまえと一緒にすんな！　風邪ひいてんの！　つーかどんな自虐《じぎゃく》ネタだそれ」

「離婚のことなら俺はさして気にしていないぞ」

「それが問題なんだって。おまえは良いかもしんねーけど、葵ちゃんが可哀想《かわいそう》じゃん」

真っ向から突きつけられた正論に、ぐうと水野は押し黙る。水野の結婚式の友人代表挨揶も務めたこの男は、水野が昨年離婚していることも知っている。余計なことを言ったと苦虫を噛む水野に、吉澤は呆れたように嘆息《たんそく》した。

「お母さん恋しくて泣いてんじゃないの？　うちの二人ママっこの甘えただしさあ、リョーコいなくなったら絶対手ぇつけらんねーよ」

「かもしれない。葵がどうだったかは分からんが……始めのうちはあいつも苦労していただろうな。今は仲良くやっていると思うが」

「——はい⁉　おまえいつの間に再婚してたんだよ⁉」

「再婚ではない。恋人ならいるが」

今にも椅子から立ち上がろうとする反応の大きさに、水野のほうが度肝《どぎも》を抜かれた。

「お待たせしました、焼肉定食です」と吉澤の前にトレーを置いたアルバイトもまた、ただならない吉澤の様子に大きく眼を見開いていた。

「初耳《はつみみ》なんだけど俺！」

「言う必要もなかったからな」

「必要とか不要とかじゃないだろ、そういうの！　おまえその相手にまで愛想尽かされてみろ！　マジで笑えねーかんな⁉」

「生憎《あいにく》だが、尽かされるのならとうに尽かされているだろうな」

「どっこもエラそうに言うことじゃねーし！」

いただきます、と両手を合わせ、運ばれてきた定食を吉澤がもくもくと掻きこみ始める。いつ胸のＰＨＳ《ピッチ》が鳴らされても良いようにとついた早食いの癖《くせ》は、互いに研修生時代から変わっていない。

すっかり食べ終えた自分のトレーを持ち、椅子を立とうとする水野に「いやいやいや待てって！」と吉澤のストップが掛かる。いかにも面倒臭いという表情を作った上で正面の男を見下ろせば、吉澤は傍《かたわ》らのお冷で口の中の肉をごくりと流しこんでから「話は終わってねーよ！」と肩をいからせる。

「急患いねーんなら座れ」

「じきに回診だ」

「外科の回診は三時からだろーが。知ってんだぞ。いいから座れ」

有無を言わせない口調に辟易《へきえき》しながら、大人しく水野は椅子に座り直す。学部生の頃から数えれば、ゆうに十年以上の付き合いになる相手だ。ここで逃げれば後々さらに面倒になるのは明らかだった。

ぐいとテーブルに身を乗り出しながら、興味津々とばかりに吉澤は眼を輝《かがや》かせる。子どもよりも子どもらしい活き活きとした表情に、改めて目の前の男は三十五なのだろうかと、水野は首を傾げた。

「で、なに？　いつから？　どんな子だよ。写真とかねーの？」

「個人用の携帯は持ち歩いていない」

「真面目かよ。知ってるけど」

「『どんな子』と呼べるような奴ではないが……そうだな。目つきと口は悪いが、性根の優しい良い男だ」

「――は？」

からん、と、吉澤の手から箸《はし》が落ちる。真ん丸に見開かれた眼にこれでもかというほど凝視され、そこでようやく水野は己がやらかした失言に気づいた。

「……おま、おまえ、――は？　マジで？」

「忘れろ」

「いや――それ、イエスって認めてるようなもんじゃねーか……」

嘘だろ、と力なく項垂《うなだ》れる吉澤になんと返答するのが正解か判らず、水野はただ押し黙る。院内放送で呼び出されている顔も知らない内科医の名前を現実逃避のように脳内で反《はん》芻《すう》していれば、ようやく衝撃から復活したのか、ゆっくりと吉澤は顔を上げた。

「や、いいけどね。口出しするつもりはねーし……どうせ女とくっついたっておまえが上手くいくわけもねーし？」

「そうか」

「そうだよ。……びびったけど。いつから？」

「出会ったのは半年くらい前だな。元妻が葵を置いて出て行ったときに、夜にひとりで出歩いていた葵を一晩保護してくれたことがきっかけで知り合った」

「マジかよ。すげー良いヤツじゃん」

「……まあ、そうなんだろうが」

吉澤が口にした『良いヤツ』という真っ直ぐな形容に、思わず水野は失笑する。

「――いかんせん、口がとてつもなく悪くてな」

くつくつと思い出し笑いに肩を揺らす水野を目の当《ま》りにし、吉澤はまるでバケモノと遭《そう》遇《ぐう》したような面持ちで固まる。その気持ちは痛いほどによく理解できた。たった半年足らずでここまで笑顔を作ることができるようになるとは、水野本人もまるで想像していなかったのだから。

――第一印象は、『なんて目つきと口の悪い男だろう』だった。最初に水野の頭に刻みつけられた瀬名のイメージは最悪に等しかったが、なによりも水野を驚かせたのは、いかにも子どもに好かれることのなさそうな外見と言動をした瀬名に、たった一晩で葵がすっかり懐《なつ》いていたことだった。「はるくんぶったら絶対にゆるさないからね‼」と半ば叫ぶように言い放ってきた葵の悲痛な声を思い出すのは容易い。かつて人見知りで手が掛かるとぼやいていた元妻の発言もあり、水野は『なぜこの男に葵が懐いているのだろうか』と不思議に思いながら、目の前で激怒する瀬名を観察していた。

「出会い頭《がしら》から父親失格だと言われて、正直とてつもなく腹が立ったが……夜勤明けに他人が作った朝食を食べたのも久しぶりだった」

「あー……」

かつての救命病棟の惨状《さんじょう》を思い出したのか、吉澤も頷く。

「あの頃のおまえ、急患捌《さば》くだけの機械だったしな」

「だろうな。俺もそう思う」

瀬名にも宇宙人だロボットだと散々《さんざん》に罵倒《ばとう》されたものだ。次々と繰り出される暴言の嵐に呆気《あっけ》に取られたことも当然あったが、見ず知らずの他人を気遣い、わざわざ朝食まで支度するような男だ。口と態度は最悪でも、根底のところで他人の面倒見は良いのだろう……と判断し、あくまで合理的に持ちかけたハウスキーパーの話だったが、その選択が間違っていなかったことはすぐに判った。同時に、なぜ葵があれほど短い時間で瀬名に懐いたのか——という疑問も、薄らとではあったが解消されたのは確かだ。

「俺は家に帰れない。あいつは体《てい》よく会社をクビになっていた。葵があいつに懐いていたこともあって、あいつの次の職が決まるまでの条件でハウスキーパーを頼んだ。縁はそれからだ」

「——え？　懐いた？　葵ちゃんが？　一晩で？」

「そうだ」

「そりゃすげーや。俺とか目ぇ見て話してもらえないんじゃないかな」

「さすがにおまえは覚えていそうだが……」

「んなわけねーだろ。最後に会ったの、葵ちゃんが二歳かそこらん時だぞ。抱っこしようとしたらぎゃーぎゃー泣いて、うちのもつられてぎゃーぎゃー泣いてさ」

「そんなこともあったな」

葵が赤ん坊の頃は、年に一度か二度ほど水野の自宅に吉澤が訪ねて来たこともあったが、救命が輪をかけて激務になってからは当然そんな余裕は失われた。吉澤自身とまともな会話をした記憶すらあやふやといった有様である。

「他人の子どもなんて、ただでさえ扱い分かんなくて難しいってのにな。すげーよ」

「威圧的と取られかねない奴だが、性根は真面目で優しい。──大人より子どものほうが、人の中身を見る眼には秀《ひい》でている」

「……ああ、うん」

吉澤は静かに首肯する。

「それは確かに、その通りだわ」

真っ直ぐに目の前の相手を捉えて話す瀬名の黒い眼は、いついかなる時も真剣だった。元来の目つきの鋭《するど》さもあり、それは威圧的とも受け取られかねない要素ではあるが、突然ひとりの夜に放り出された葵からしてみれば、真摯《しんし》に自分と向き合い、不器用ながらも優しさを分け与えてくれた者になら心も傾くというものだろう。事実、初めて瀬名からもらったというマフラーを、葵は今も宝物のようにして扱っている。――まさか同様に自分まで瀬名に落とされることになるとは、水野も予想してはいなかったのだが。

「しっかし、おまえが男にねえ……」と、まるで水野の思考を読んだかのように吉澤が言う。

「もともと大した恋愛なんざしてなかっただろうけどさ、価値観合わせせんのとか……男二人で家族になるっつーのも大変なんじゃねーの。大丈夫か？　ただでさえクソ鈍感なおまえが」

「幸い、半同棲状態になってから派手な喧嘩《けんか》や言い合いはしたことがないな。――だが、」

と、そこで一度水野は言葉を切る。

「……自分の鈍感さには、自分でもほとほと嫌気が差しているところだ。あいつの抱えている悩みの種をまるで悟れない」

「――っははは！　良い薬になんじゃねーの、おまえみたいなのには」

からりと笑い飛ばされ、肩の荷が下りたような気がした。同時に、医学部生であった頃でさえしたことのない会話に、身に馴染みのないこそばゆさを覚える。

水野は、およそこれまでの人生において〝悩み〟というものを抱えたことがない稀有《けう》な人種だ。尊敬する外科医であった父親が口にしていた『救命医に感情はいらない』の教訓が間違っていたとは今も思わないが、腐れ縁の同期を相手にこんなにこそばゆい話を聞かせる日が来ることも、予想していなかったことだった。おそらく瀬名と出会わなければ、一生知り得ることのなかった感情だろう、と、そっと水野は微笑する。

水野の様子を物珍しげに眺め、吉澤も満足げに鼻を鳴らす。これは近いうちに飲みにでも誘われるかもしれないと思っていると、「せいぜい考えてみるこった」と、先輩風を吹かせたアドバイスが飛んでくる。

「それが、好きな相手が抱えてる〝悩み〟に対する誠意だろ。——ま、どんだけ考えてみたところで他人の悩みなんて結局そいつの口から聞かなきゃ分かんないんだから、散々頭抱えてから『教えてください』って頭下げるのが最適解だと思うよ。俺は」

「そういうものか」

「そういうもんだよ」

ひらりと吉澤は片手を挙げ、窓際に取りつけられた時計を指さす。いつもよりも随分と長く取ってしまった休憩時間に眼を瞠り、水野は再び空のトレーを持って立ち上がる。

「頑張れよ、お父さん研修生！」

「おい。調子に乗るな」

〝研修生〟などという懐かしい響きを引っ張り出され、水野の眉間に皺が寄る。けたけたと尾を引いている吉澤の笑いを背中で受けつつ、水野は、今日も家で帰りを待ってくれているだろう二人の〝家族〟に思いを馳せる。

たとえば。彼が抱えている悩みの正体に触れられなかったとしても、喜ばせ、元気づけることくらいなら、自分にもできるのではないだろうか――と。

「……よし」

まずは一か月考えようと気分を新たに医局へ戻れば、外科を仕切っている師長から「水野先生どこほっつき歩いてたんですか‼」と雷が落とされ、水野は人知れず慌てながら顔の筋肉を引き締めたのだった。

2

『帰りは十時頃になる』と連絡を済ませ、その日、水野はターミナル駅のデパートを目指していた。目的はもちろん、来週に迫った葵の誕生日プレゼントと瀬名の引っ越し祝いを探すためだった。

誕生日ケーキの予約は、一週間ほど前にすでに瀬名が済ませている。金曜の夜とあってか普段に増して人の多いターミナル駅に眉を寄せつつ、水野は大型デパートの案内板から子ども用の玩具を取り扱っていそうなフロアを探す。逆立ちしても読めないだろう服飾ブランド名の羅列《られつ》に目眩《めまい》を覚えながら、なんとか目当ての五階の一角へ辿り着けば、その瞬間についに水野は眉間に皺を寄せて固まった。

おびただしい数のおもちゃやぬいぐるみが所狭しと詰めこまれている空間に、思わず唇の端が引き攣《つ》る。デパート内に流れている音楽とは別に、どこかしらから流れ出ているオルゴールの音色もまた、水野の頭痛を増長させた。

当然水野は、自分が選ぶ葵のプレゼントに自信がない。喜ばせたいという気持ちと共に二週間ほど頭を悩ませてはみたが、候補のひとつも思い浮かべることのできない有様だった。

瀬名だけが水野の頼みの綱であることは火を見るよりも明らかだった。しかし、肝心の瀬名は、未だ少し機嫌を損ねている。瀬名が誕生日ケーキの予約の電話をかけていた時に、うっかり「俺の分の葵の誕生日プレゼントもおまえが選んでおいてくれないか」などと持ちかけてしまったせいだった。瀬名は表情に怒りというよりも寂しげな色を交えながら、「おまえが選ばなきゃ意味ねえんだよ」と小声で呟き、水野を睨み据えていた。

リンリンと鳴り続けるオルゴールの音に辟易しつつ、ここに来て水野は改めて、『おまえが選んでおいてくれないか』ではなく『一緒に選びに行ってくれないか』と切り出すことができなかった己の舌を呪っていた。

仏頂面《ぶっちょうづら》でフロアを睨み据える水野の横を、親子連れが次々と通り過ぎていく。水野としては困惑を深めているだけなのだが、眉間に皺を寄せて子ども向けフロアで仁王立ちをしている自分の姿は、老若男女問わず充分な威圧感を与えると、水野自身もよくよく理解している。

気合いを入れるようにひとつ頷き、ようやく重い一歩を踏み出して店内の物色を始めると、「なにかお探しですか?」とひとりの店員が声をかけてくる。いかにもベテランといった風情《ふぜい》の店員に安堵の息を漏らしつつ、水野はからからに渇いた咽喉《のど》から「娘の誕生日プレゼントを」とのみ絞り出す。あまりに場慣れしていない水野に、店員は顔の皺を深めてくすくすと笑った。

歳と性格を訊《き》かれるがままに答えていけば、店員は「定番ではありますが、やっぱりぬいぐるみはおすすめですね」と、ひとりではとても足を踏み入れることができなかっただろうファンシーな空間へと水野を連れていく。やたらとカラフルな服を着た大量のウサギやクマに圧倒されていれば、首にシンプルなチェックのリボンを巻いて座る、大きなテディベアと視線が合った。

最近はピンクや水色も人気ですね、と、親切に説明してくれている店員の声が、右耳から左耳へと流れていく。水野の脳裏に思い描かれたのは、一メートル近くあるそれを抱えて笑う葵の姿だった。

立ち止まった水野に気づき、店員が水野のもとへと戻ってくる。ドイツのブランドが手がけているというそのぬいぐるみは、一体一体が職人の手作りによるもので、たとえ同じ品番でも完全に同一のものはひとつもない――とそこまで聞き、水野は静かに「これにします」と呟いた。水野は自分の直感を信じている。値段も見ず即決した水野に店員は少し驚いたようだったが、やがて何事もなかったように「ご用意いたします」とにこりと笑った。

いかにも上客向けといった椅子に座り、支払いと配達の手配を済ませ、「お誕生日おめでとうございます。ありがとうございました」と頭を下げる店員の声を聞きながらフロアを脱した時には、最初にあれほど色濃く渦巻いていた困惑と疲労はすっかり消し飛んでいた。

残ったのは充実感と、葵は喜んでくれるだろうかという、今まで感じたことのない優しい色をした期待だった。――もしかしたら瀬名は、この充実感と期待を味わわせたかったからこそ、自分の申し出にあれほど機嫌を損ねてしまったのかもしれないと思った。

エレベーターの脇のフロア案内を再び眺めながら、さて瀬名の引っ越し祝いはどうしようか……と、水野は頭を切り替える。できることなら、形にも記憶にも残るものを選びたかったが、葵もさることながら、やはり水野に瀬名の好む物は分からなかった。

ともすれば葵よりも難儀《なんぎ》をするかもしれないなと腕時計で時刻を確認しつつ、ひとまず水野はメンズ用品を扱う三階に向かうべくエスカレーターの方向へ戻る。たった二フロアの移動で混雑しているエレベーターを停止させるのは、いくら水野でも気が引けた。

時刻は八時を回っている。閉店まであと一時間しか残っていないことを踏まえれば、また出直さなければいけないかもしれなかったが、それを苦だとは思わなかった。

下りのエスカレーターで四階に降りれば、キッチン用品のフロアが顔を出す。そういえば以前『圧力鍋が欲しい』とぼやいていたなと思い出し、そっと水野は肩を震わせて笑った。引っ越し祝いに圧力鍋を贈った際の反応は気になるものがあったが、さすがにそれを選び取らないだけの空気は、水野も読めるようになっていた。

だが、笑いを堪《こら》えつつ、もうワンフロア降りるべくエスカレーターの板に足を乗せるか否か――そのタイミングで、水野は足を止めていた。

背後にいた中年の男性に「すみません」と早口で謝罪し、水野はエスカレーターの脇に貼られた旅行代理店のポスターの前で足を止める。

――ガラス扉の向こうから代理店の店員が出てくるまで、水野はしばらく、そのポスターに映っている海の写真を見つめ続けていた。

五月二十日の直前の週末に、瀬名は水野の家に引っ越しを済ませた。日用品はすでに水野の家に置かれていたが、いざ引っ越しとなると運ばなければいけないものも、処分しなければならない家具も大量にあった。

もちろん水野も手伝うつもりでいたが、その週末はオペが立てこんでいたこともあり、まともに手を貸してやることができなかった。瀬名は「俺なんざどーでもいいから、二十日だけは帰ってこいよ」と笑っていたものの、仕事の合間にそれをするのは実際骨が折れたのだろう。葵も、服を段ボールに詰めたりといった軽い手伝いを喜んでこなしてくれてはいたようだったが、いざ引っ越しを終えた瀬名は隠しきれない疲労が見え隠れしていた。だが、疲労の中にも『これから同じ家で暮らす』という喜びが滲み出ていた。

「ただいま」

「――おかえり！」

玄関の扉を開ければ、待ちかねたように葵がリビングから飛び出してくる。腕の中へと飛びこんできた軽い身体をそのまま抱き上げてから、玄関にまで美味しそうな夕飯の匂いが漂《ただよ》ってきていることに気づく。

「今日ね、はるくんすごいよ！」

「ああ。だろうな」

「ごちそうだって！」

「おまえの誕生日だからな」

朝にも告げた「おめでとう」をもう一度口にしてから、腕の中の葵が嬉しげに小さく身体を揺らす。

落とさないようにしっかりと抱きかかえながらリビングに続く扉を開ければ、たしかにそこには『ごちそう』と呼べる食卓が待っていた。あまりの瀬名の気合いの入りように、水野はいつもの挨拶を忘れて笑った。

「てっめ、なに笑ってやがんだコラ！」

「悪い。つい」

腕から軽い身体をおろしながら瀬名に「ただいま」を告げ、葵に叱られないよう手を洗ってリビングに戻る。スーツの上着を椅子の背に掛け、改めてテーブルを眺めると、シンプルなベージュのテーブルクロスの上には、水野の帰宅時間に合わせて作られただろう料理がふわりと柔らかな湯気を立てていた。

「ビーフシチュー？」

「おう。初挑戦」

「手間そうだな」

「や、そこは『美味《うま》そう』って言えよ」

屈託なく唇の端を持ち上げながら、少し得意げに瀬名が言う。

「圧力鍋使ったからいつもより美味しくできたと思うぜ。やっぱすげーわアレ」

「なんだ。買ったのか」

「あ、悪かったか？」

「いいや。被らなくてよかったと思っただけだ」

そのひと言で、水野が葵の誕生日プレゼントのみならず、瀬名の引っ越し祝いまでをも考えていたことが通じたのだろう。浮かべていた笑みにかすかな照れの気配を滲ませつつ、瀬名もまた葵の正面に座る。

「んじゃ、いただきます」

「いただきまーす！」

「いただきます」

三者三様に手を合わせ、真っ先に葵が子ども用のスプーンを手に取る。葵は小さい口を目いっぱいに広げて食べ進めていたが、瀬名の表情は、葵の「おいしい！」が聞けるまで不安げな色をしている。初挑戦のメニューの時は、輪をかけてその傾向が強い。言葉よりも雄弁《ゆうべん》に『葵に喜んでほしい』と伝わってくる瀬名の様子が、水野はいつも微笑ましく思えてならなかった。

「おいしいよ！　はるくん食べないの？」

「――いや？　なら良かったわ」

ようやくほっとしたようにスプーンを手に取り、瀬名もまた柔らかく煮こまれた牛肉を口へと運ぶ。水野も素直に「美味いぞ」と、そっけなくも柔らかい声で瀬名の料理を褒めれば、さも「当然」と言わんばかりの目線を向けられ、その扱いの違いに淡い笑みが零《こぼ》れる。――あるいはそれは、瀬名なりの不器用な愛情表現のうちのひとつであるのかもしれないけれど。

今日だけはテレビは点けず、喜んで食べ進めていく葵の姿を余すことなく記憶に刻む。外科に移ってからは少なくなったが、救命医として救急に勤務していた時は、葵と同じ年頃の子どもの命を繋ぎ止めるために何度も戦ったことがある。水野は公私混同をするタイプではなかったが、こうして初めて〝誕生日〟というものに向き合ってみれば、尚のこと『自分の娘が五歳になった』という事実が、かけがえのない幸せなことであるのだと実感する。

「……おまえも、こうして祝ってもらっていたのか？」

「――え？」

「誕生日を」

パンでシチューを掬《すく》いつつ尋ねれば、思いもよらない問いだったのか、ぴくりと瀬名の肩が跳ねる。

「少なくとも、俺は記憶にない。……ああ、ケーキくらいは食わせてもらったな。確か」

ずいぶんと昔――それこそランドセルを背負っていた頃まで記憶を遡《さかのぼ》らせれば、母親と共にケーキを食べていたような気はしたが、多忙を極めていた父親から貰ったものといえば、医学書のたぐいしか思い浮かばなかった。水野は思わず苦笑する。

「俺が葵を祝おうと思ったとしても、きっとこうはならない。――優しく育てられたんだな、おまえは」

呟くように言ってから、水野ははっと口を噤《つぐ》む。気づいた時にはすでに遅く、瀬名は少し切なげに視線を伏せてしまっていた。

瀬名が実家から勘当されているという話は、出会って間もなくの頃に聞き及んでいたことだった。元はストレートだった水野と違い、瀬名は以前から恋愛対象が同性のゲイであったという。そのことを両親にカミングアウトした時に、勘当され、戸籍《こせき》も抜かれたと聞かされた時は、感情の起伏《きふく》に乏《とぼ》しい水野もさすがに驚いたものだった。それなのに。

なにもわざわざこんな日に蒸し返さなくても良かっただろう、と、水野はぐっと眉間に皺を寄せる。

「……お父さん？」

「あー……違ェよ、アレだ」

一度スプーンを置き、瀬名はくしゃりと葵に向かって破顔する。

「今おまえの父さん、俺のこと怒らせたんじゃねえかってビビッてんの」

「お父さんまたはるくん怒らせることしたの？」

「――っははは！」

軽やかに響いた瀬名の声に、水野は驚く。怒らせたのではなく哀しませたと思っていた手前、驚きもまた一入《ひとしお》だった。

少し不安げに表情を曇らせた葵に手を伸ばし、頭を軽くぽんぽんと撫でてから、瀬名は「怒ってねーよ」と笑みを深める。

「全ッ然、まったく怒ってねえけど……うん」

そこで一度言葉を切り、瀬名は不意に水野を見た。

「今は――優しく育ててくれた親に感謝もしてる。だから大丈夫だよ、俺は」

不意に響いた瀬名の静かな声色が、棘《とげ》のように水野の耳の奥に残った。葵もまた瀬名の様子を察しているのか、スプーンを動かしていた手を止めてじっと瀬名を見上げている。

「はるくん、痛い？」

「なんでだよ。全然、どっこも痛くねえよ」

「ほんと？」

「おう」とすぐに頷き、瀬名は表情に明るさを取り戻す。

「俺が葵に嘘ついたことあったか？」

「ない！」

「だろ？」

得意げに頷いてみせてから、瀬名も食事を再開する。残り少なくなったサラダを水野の取り皿によそいつつ、瀬名は照れ隠しのように口角を上げた。

「変なことばっか言って悪い」

「――いや」

「だから大丈夫だって。なんだよその顔」

くつくつと可笑《おか》しげに肩を震わせてから、「そうだよ」と呟くように瀬名が続ける。水野は視線で瀬名を促しながら、またしても余計なことを口走ってしまわないようにと、よそわれたサラダを口へ運んだ。

「勘当されるまでは、ずっと祝ってもらってたな。さすがに高校入ったくらいからは派手に祝われたりしなかったけど、当日の夜は俺の好きなモンが作ってあるって分かってたから、バイトのシフト入れなかったりしてさ。高校生がだぜ？　ウケんだろ」

「良いじゃないか。友達よりも家族のほうが大事だったんだろう？」

「俺の誕生日なんかだれも知らねえけど」

「……は？」

「いや、一人二人つるんでるヤツはいたけど……そんくらいになったら誕生日の話題なんか出ねえだろ。女じゃねーんだし」

「それはそうだが」

水野とて、瀬名のことは言えない。唯一交流があると呼べる同期の吉澤は、かろうじて「祝え祝え」と自分の誕生日を主張していたような気がしたけれど、それが何月の何日か思い出すことはできなかったし、今さら聞くようなことでもなければ興味もなかった。ある程度歳を重ねた男の付き合いなどそんなものである。

だが、水野にとっての瀬名は、今はもう〝そんなもの〟で済ませられる相手ではない。

「いつだ？」

「——なにが？」

「だから、おまえのだ」

なんとなくこの歳で正面から誕生日を尋ねるのはこそばゆく、肝心の単語をぼかしてしまったが、正しく水野の意図を悟った瀬名は「マジかよ」と小さく笑った。

「おまえさあ、どんどん恥ずかしいヤツになってねえ？」

「自覚はしているが、改めるつもりもないな」

即座に言い切ってから、水野は食べ終えたシチュー皿にそっとスプーンを置く。

〝家族〟は大切にしなければいけないものだ、という考えは、かつての水野にとって、意識こそしてはいたけれど、それを実践するための時間もなければ、行動に移す方法さえも分からないものだった。たまの帰宅を果たすたびに、知らないうちに成長していく葵の姿を見て、『このまま葵は自分を忘れていくのだろう』という諦めの気持ちもあった。瀬名に出会うことができなければ、自分は一生、葵の本当の意味での〝父親〟にはなれなかったことだろう。

だれかを、〝家族〟を、大切にするための方法を、ひとつずつ手ずから教えてくれた瀬名は今――間違いなく、水野にとっても葵にとっても、掛け替えのない〝家族〟の一員だった。

「……ずっと家族に祝ってもらっていたなら、次からは俺たちが祝うさ。家族なんだから」

「や、マジ、おまえそれ言ってて恥ずかしくねーの？」

「正直に言えば少しな」

「バッカ、照れるくらいなら言うなっつの」

心底可笑しいと言わんばかりに瀬名が笑えば、隣の葵も嬉しげに水野と瀬名の表情を見比べてくる。

「――十二月六日」

「冬生まれか」

「なんだよ。文句あんのか」

「あるわけないだろう」

喧嘩腰の口調は、ただの照れ隠しだと知っている。仄かに赤く染まっている頬が良い証拠だった。

「不甲斐ないが、俺はすぐ忘れそうだからな。そこのカレンダーにでも書いておくか」

「おいっ！　勘弁《かんべん》してくれよ！」

「えっ？　はるくんの誕生日？」

「ああ。十二月六日だから、忘れないようにしような」

「ケーキ食べておめでとうするんでしょ⁉」

嬉々として言う葵に、ついに耐《た》え兼ねたように瀬名が立ち上がり、「ケーキは今から食うから！」と空いた皿を集め始めた。葵はこれから運ばれてくるケーキへの期待に眼を輝かせながらも、知ったばかりの瀬名の誕生日を小声で繰り返していた。

食器が下げられ、すっかり綺麗に片付けられたテーブルの上に、冷蔵庫から取り出された白い箱が載せられる。その時、タイミングよく玄関のインターフォンが鳴り、水野はすぐに椅子を立った。

る。

「俺が出る」

「……ふうん？　なるほどね」

いつになく素早く玄関へと向かう水野に、合点がいったように瀬名は口角を上げた。特になにが届けられるとは話をしていなかったが、このタイミングであえて水野が受け取ろうとするものはひとつしか思い当たらなかったのだろう。そして、その予測は当たっている。

届けられた大きな箱を受け取り、受領印を押す。あえて玄関で梱包用のダンボールを開ければ、中にはプレゼント用に装飾された赤い大きな袋が入っていた。

花のついた赤いラッピング袋を自分が小脇に抱えている姿は、想像するだけで少し可笑しい。水野は薄い笑みを唇に浮かべつつ、ゆっくりとした足取りでリビングに戻る。廊下の電気を消せば、リビングの部屋の照明もすっかり落とされ、テーブルの上のケーキに立てられている五本のロウソクが、オレンジ色の明かりを揺らめかせている。おそらく、葵からプレゼントが見えないようにという瀬名の配慮《はいりょ》だろうと、水野の口元の微笑がゆるりと深まる。

「お父さん！　はやく！」

「ああ、今行く」

身体の後ろに大きな包みを隠しつつ葵の隣に戻り、そっとテーブルの下にそれを押しこむ。いつバレてもおかしくはない雑な隠しかたではあったが、瀬名もしきりに葵に話しかけ、葵の気を逸らしてくれていた。テーブルに身を乗り出しながらきらきらとした眼で葵が見つめる先には、色とりどりの果物で飾られたホールケーキが、ロウソクの火が消される時を今か今かと待っていた。

「じゃあ、歌うか」

「……照れるな」

「おまえが照れてどうすんだよこのポンコツ！　主役は葵だっつの！」

そう吼《ほ》える瀬名の表情にもまた、若干《じゃっかん》の恥じらいが見え隠れしていた。だが、どちらも嬉しげな葵の表情を見てしまえば、そんな些細《ささい》な照れや恥じらいはすぐにどこかへ消えてしまう。

大の男二人が声を揃《そろ》えてバースデーソングを歌い終われば、葵は待ちきれないと言わんばかりに小さな頬を目一杯《めいっぱい》に膨らませ、五本のロウソクを吹き消した。瀬名はすぐに立ち上がり、再びリビングの明かりを点ける。

「葵。誕生日、おめでとう」

「おめでとな。葵」

「ありがとう！」

改めて「おめでとう」の言葉を贈ると、葵の表情はますます華やぐ。瀬名も嬉しげに顔を綻ばせつつケーキのロウソクを抜き取り、『ハッピーバースデイ・あおいちゃん』と書かれたチョコレートのプレートを避けてから、手際よくケーキに包丁を入れ、平らなケーキ皿に一ピースずつケーキを取り分けていく。

葵は右手にフォークを握りしめながらも、しっかり瀬名が自分の分を目の前に置くまで待っていた。瀬名は「ありがとな」と葵に笑いかけ、「一緒に食べような」と優しく言う。そのやり取りがひどく胸に沁《し》み、水野は熱くなりかけた目頭をフォークを手に取ることで誤魔化そうとした。

「おい。なんだよどうした？」

「いや、なんでもない」

まさか何気ない会話に涙腺《るいせん》を刺激されたとは打ち明けられず、水野はもくもくとフォークを口に運んでいく。何年ぶりに口にするか分からないケーキの甘さを味わう水野に、瀬名は不思議そうな表情をしながらも、それ以上の追及をしてくることはなかった。

「はるくん、おいしい！」

「……ああ、美味いな。クリームもさっぱりしてて」

「へえ、意外。おまえ結構甘いのイケんだな」

「救急の医局にはチョコレートやら飴やらの菓子がいつも山積みになってたからな」

「疲れた時には甘いもの、ってやつか」

「ああ。――だが、やっぱり感じる味が違う」

「当たり前だろ。仕事場の糖分と一緒にすんな」

呆れたように肩を竦めながら、瀬名は不意に視線を逸らす。なんだ？　と首を傾げて無言で先を促すと、瀬名は口の中のケーキをごくりと咽喉に流しこんでから、「おまえがその違いを解るようになってよかった」と呟いたものだから、思わず水野の頬に熱が灯った。

葵はしっかり一ピース分のケーキを食べ終え、「おなかいっぱい」と丸く膨らんだお腹を嬉しげに両手でさすっている。小さめに切り分けられていたとはいえ、まさか食べきるとは思わず、これには水野も瀬名も揃って眼を剥いた。

「こんな小せぇ腹のどこにあの量が入ったんだ？」

「あたし小さくないよ！」

「っはは、はいはい。保育園じゃお姉ちゃん役だもんな、葵は」

「そうなのか」

「ん。おままごとだと絶対みんなのお姉ちゃん役なんだと。たぶん遊ぶ時もそんな感じなんだろうなあ」

「だろうな」

同年代の他の子どもと接する機会がないため言い切ることは叶わないが、葵がしっかりした子であることは、水野と瀬名がだれよりもよく理解している。

ぱんぱんに膨らんだお腹を微笑ましく見つめていれば、瀬名が不意に空いている隣の椅子の上から、細長い箱を取り出した。すぐにそれがなにか分かったのか、葵はさっと両手を瀬名に差し出し、箱を受け取る。

「俺からの誕生日プレゼント」

「はるくん、ありがと！」

嬉々としてリボンを解き、葵は中のオモチャを見るや大声を出した。

「レイちゃん！」

「葵、好きだろ？」

「大好き！　ありがとう、はるくん！」

「どういたしまして」

葵は箱の中からピンク色の杖を取り出すと、夢中になってそれを振り始める。葵の手に収まっているものの正体が解らず首を傾げる水野に、瀬名が「今こいつがハマってる魔法使いのアニメに出てくるやつ」と小声で補足を入れてくれる。

「俺もよく分かってねえんだけど、あれ使って変身？　するっぽいぜ。可愛いよな」

「そうか。……知らないことばかりだな」

「今度の休みに一緒に観てやれよ。絶対喜ぶ」

「分かった」

神妙に頷いてから、水野もテーブルの下から大きな袋を取り出す。葵は「わっ」と驚きの声を上げ、瀬名は「デカッ」と腹を抱えて笑った。

「気合い入ってんな！」

「当然だろう」

「まあ、そりゃそうだわな」

次第に驚きから喜びへと葵の眼の色も変わっていく。水野は一度息を吸ってから、初めて口にする「お父さんからの、誕生日プレゼントだ」という言葉を、自分でも深く噛みしめた。

「ありがとう、お父さん！」

「ああ」

頷いてから手を離せば、すぐに葵の小さな手がリボンを解いた。中から現れたのは確かに、自分が選んで購入したデパートのぬいぐるみではあるのだが、それが葵の腕の中にあるだけでまったく別のものに見えるのだから不思議だ。

「すごい！　ふわふわ！　大きい！」

「……気に入ったか？」

「うん！」

「良かった」

あからさまにほっと胸を撫で下ろした水野を見て、瀬名が肩を震わせる。

「おまえのプレゼントをこいつが喜ばないワケねえだろ」

「ああ。――喜んでくれるなら、それだけで良い」

しみじみとそう口にする水野に、そうだ、と瀬名が手を打った。水野と葵はほぼ同時に首を傾げた。

「どうした？」

「名前つけようぜ。このくまに」

瀬名は、まるで自分が貰ったプレゼントであるかのように言う。

「葵もつけたいだろ？　お父さんからの初めてのプレゼント」

「うんっ！」

ぎゅっとテディベアを抱きしめ直し、葵はううんと眉を寄せ、唇を尖らせる。今の水野になら、それが迷った時によく見られる葵の表情だと理解できた。同時に、自分が渡したプレゼントのことで真剣に悩む葵を見られることが、どうしようもなく幸せでたまらなかった。

「……くーちゃん」

「ん？　くーちゃん？」と、葵の小さな声に瀬名が応える。

「うん。くまだから、くまのくーちゃん」

いかにも子どもらしい、端的で可愛い名前だった。水野は自然に隣の葵へと手を伸ばし、葵と、葵の腕に収まっているテディベアの頭を順番に撫でた。

「じゃあ、この子は今日から『くーちゃん』だな」

「お父さん、ちゃんと仲良くしてね！」

「ああ。分かった」

あえて真剣な表情を作って頷けば、目の前の瀬名がぶはっと噴き出す。娘からぬいぐるみとの不仲を心配される父親の像というのはなかなか情けなかったが、水野は気を取り直してゆっくりと瀬名に視線を移す。急に正面から見つめられた瀬名は、「なに？」と訝しげに小首を傾げた。

「なんだよ。なんかついてるか？」

「俺が喜ばせたい相手は、葵だけじゃないからな」

「……は？」

「引っ越し祝いだ」

「――はあッ!?」

椅子の背にかけていたスーツの内ポケットから、細長い封筒《ふうとう》を瀬名に差し出す。困惑と驚愕をいっしょくたに煮詰めたような、なんとも複雑な顔をした瀬名は、しばらく封筒を見つめたのちにおずおずとそれを両手で受け取る。

「……なに、これ」

「開けてみればいい」

「なら、おまえ、ほんと……ええ……？　こういうことするヤツだったか？」

「おまえ、『こういうことするヤツ』におまえがしたんだろうな。俺を」

「ちょっと口閉じてろマジで」

ぴしゃりと吐き捨てられたが、耳まで赤くした顔で言われてもまるで説得力がなかった。

思わず笑いそうになる口元を手で隠してはみたが、瀬名はじろりと水野を睨みつけてから、そっと手渡された封筒を開ける。

「……旅行券？　三枚？」

「そうだ。行かないか？　三人で」

「――お父さん、旅行いくの⁉」

「行きたいなと思ってる。春樹が良いって言えばな」

様子を窺いつつ言えば、すぐに「バカ」と返答があった。

「行くに決まってんだろ！　でもこれいつだよ！」

「ああ、それはまだ気にしなくていい。船も宿も仮押さえだからな。まだ替えがきく」

「……船？」

「船だ」

言い切れば、瀬名はまじまじとチケットを見つめ、「……どこだここ」と聞こえるか聞こえないかの声で呟く。

「三原島。伊豆諸島の島のひとつらしい」

「らしいってなんだよ。や、つーか、旅行は良いけどなんで島？」

「不満か？」

「いや、嬉しいけど！　嬉しいけどさ、普通気になんだろーがよ！」

重ねて問われはしたものの、水野も行き先を決めた理由をあまりはっきりと答えることができなかった。なぜだろうかと改めて考え思い出したのは、デパートに貼られていた旅行代理店のポスターだった。

「ポスターの海が綺麗だったんだ」

「……で？」

「おまえに似合いそうだと思った。それだけだ」

水野が言うや否や、瀬名はまるで崩れ落ちるかのようにテーブルの上へと突っ伏した。

葵の「はるくん!?」という悲鳴じみた声を受けてもなお、瀬名は「大丈夫、大丈夫！」と片手を挙げるばかりで、しばらくの間だれにも顔を見せようとはしなかった。

◆

水野と瀬名、そして葵を乗せた船は、夜の十時に出港し、明け方の五時前に、目的地である三原島の漁港へと着岸《ちゃくがん》した。視界いっぱいに広がる水平線は朝陽に照らされ、寝起きの目には眩しすぎるほどだ。水野はしばし両眼を細め、きらきらと揺れる海を見つめていたが、不意に響いた「置いてくぞ」という瀬名の声に我に返った。瀬名はどこか寝ぼけ眼の水野に「しっかりしろよ」と笑ってから、眠ったままの葵を抱きかかえながら、おそるおそるといった足取りで波に揺れるタラップから降りる。葵は旅行に出かける時に「くーちゃんもつれてく！」としきりにねだっていたが、さすがに一メートルもあるテディベアを持ち歩くのは無理だと二人がかりで説得し、テディベアには留守番をお願いしてあった。

水野も三人分の荷物を肩に掛け、瀬名に続いて桟橋《さんばし》に降りる。とたんに鼻孔《びこう》を満たした潮の匂いに思わず深呼吸をすれば、水野とまったく同じ行動を取っていた瀬名から「まあ、やるよな」と笑われた。いたく嬉しそうな笑顔だった。

「すげえ気持ちいい」

「それは良かった」

「まさかおまえと旅行する日が来るとは思ってなかった」

「これから何度でも行ってやるさ」

「おまえの休みが取れたらな」

からかうように言ってから、瀬名は「嬉しいけど、無理はすんなよ」と苦笑する。確かに、水野は未だ纏まった休みが取りづらい環境にある。瀬名の心遣いは身に沁みるものではあったが、また機会を作ろうという水野の気持ちは変わらなかった。これだけ嬉しげな瀬名の様子を目の当たりにすればなおさらである。

桟橋には、家族や観光客の出迎えをする島民の姿が多くあった。水野も人垣から〝水野様〟と書かれた旅館の出迎えのボードを見つけ、「お世話になります」と頭を下げる。ようこそいらっしゃいましたと笑い、水野から荷物を受け取った作務衣《さむえ》の男性は、見るからに人の好さそうな面立ちをしていた。

送迎用のワゴン車に乗りこんで十分ほどで、宿泊先の旅館に着く。旅館のすぐ目の前に広がる海はやはり美しく、水野は、瀬名の腕の中の葵が眠ったままであることを、ほんの少しだけ惜しく思った。

「ベタ凪ぎだね、今日は。ウサギひとつも跳ねてない」

「……え？」

運転席から降りた男性が、海を眺めながら言う。耳慣れない単語の連続に、水野も瀬名も同時に首を傾げる。

「よく凪いでるだろ？　海が。風もなくて、良い観光日和だ。島はすぐ外海だからね、風が強かったりするだけで、波が白く立つんだよ。ぴょんぴょんって」

「なるほど」

だからウサギか、と、その可愛らしい喩《たと》えに、水野はくすりと笑う。理解が追いついた水野の様子を満足げに眺めてから、彼は右手側の岩場を指差した。

「あそこらへんにはウミガメが出るから、娘さんが起きたら連れてってあげると良いよ。下まで降りてかなくても、目が悪くなけりゃ海岸沿いの道路から見える」

「そうなんですか」

「左手側の浜辺は、行ったら分かるけど遊泳《ゆうえい》禁止だからね。さすがにまだ水が冷たいと思うけど、もし海で遊びたいんなら岩場の溜まりにしておきなさい」

「……泳げそうに見えるけど」

ぽつりとこぼれた瀬名の独り言に、彼は鋭く首を横に振る。

「やめときな。すぐ外海だって言っただろう。ちょっと泳いでったら、すぐにストンって深くなるんだ。あんたらはともかく、娘さんが危ないよ」

「うわ……」

その光景を想像したのか、瀬名が小さく身震《みぶる》いする。神妙に「分かりました」と頷く二人ににっこりと笑い、彼は旅館の中へと入っていく。水野と瀬名も、すぐに彼の背を追った。

島でもっとも由緒ある旅館というだけあって、落ち着いた内装にも意匠が凝らされていた。廊下には三原島の歴史を伝える写真が年代順に飾られており、一種の資料館のような雰囲気もあった。

後で読んでみようと思いつつ、案内された客室のドアを潜れば、和室には三人分の布団が敷かれていた。到着が明け方ということもあり、宿泊の案内を一通り聞いたのち、水野も瀬名も葵を挟んで、観光の前に一度休息を取った。

遅くとも十時頃には起きようという話はしていたが、その前に目を覚ました葵は、見たことがない旅館の客室に大はしゃぎし、水野と瀬名も笑いながら身支度を調えた。

旅館の受付に鍵を預け、外に出る。陽が高くなったことにより、目の前に広がる海はさらにその輝きを増していた。紺色に近い、深い青をした見事な水平線はやはり美しく、葵の手を引く瀬名も、視線を海へやるたびに深呼吸をしている。車通りがない細い道は、浜辺でないにも拘わらず、澄んだ潮の匂いに充ちていた。

「海のにおいがする！」

「葵は初めてか？　海」

「うん！」

瀬名の問いに嬉々として応える葵は、今にも海へ向かって駆け出して行きそうだった。

瀬名がきちんと手を繋いでいてくれることに感謝しながら、水野も微笑ましい気持ちで興奮している葵を見つめる。

「じゃあ一緒だな。俺も初めて」

「……そうなのか？」

「なんかのついでで見たことはあるけど、こんなふうにちゃんと観光すんのは初めてだよ、俺も。おまえは？」

「言われてみれば俺もないな」

「なんだよ。全員初めてじゃねえか」

くすくすと笑う瀬名の表情は、葵と同じくらい機嫌が良く、水野の胸に温かなものを宿してくれる。歩いて二分も経たないうちに辿り着いた海岸沿いの道路には、ガードレールの間から浜辺に出るための階段も備えつけられており、葵は浜へと繋がるそれを軽い足取りで降りていく。

「ちょいまち、葵！　ストップ！」

「えっ、やだ！」

「やだじゃない！　そのまま行ったら、靴ん中砂まみれになるって！　じゃりじゃりするの嫌だろ？」

瀬名が言えば、葵は大人しく最後の段差の手前で足を止めた。瀬名はさっさと葵の靴と靴下を脱がせ、きょろきょろと浜辺を見渡している。水野は、すぐにその意図に気づいた。

「割れたガラスや何かが転がっているとは思えない。行かせてやって大丈夫じゃないか？」

「……ん。だよな」

「こっちが過剰《かじょう》に気遣って、思う存分遊ばせてやれないのも可哀想だ。軽い怪我なら手当てしてやれば良いし、もし怪我をしたんだとしても、それも一つの勉強だろう」

「――ふはっ」

「なんだ。どうした？」

まさか噴き出されるとは思わず、水野は不意に笑い出した瀬名を見る。瀬名は葵の背をぽんと叩いて海へと送り出してから、「いやだって」と可笑しげに水野を見上げた。

「おまえがあっという間に父親になるからさ」

「……おまえのおかげだ」

「そうだよ。――よかった。おまえが幸せそうで」

しみじみと漏らしてから発言の内容に気づいたのか、瀬名はぱっと頬を赤らめると、慌てたように自分も靴下と靴を脱ぎ捨て、まるで葵のような速さで海へと向かって駆け出してしまった。取り残された水野は、しばらくぽかんと瀬名の背を見つめてから、よく澄んだ青空を仰ぎ、珍しく声を上げて笑った。

水野も靴下と靴を脱ぎ、波打ち際で遊んでいる二人のもとへと近づく。旅館の男性が数時間前に『ベタ凪ぎ』と言っていた通り、打ち寄せる波はいたく穏やかだった。葵は捲り上げたズボンを軽く濡らしながら「お父さん、泳いでいい⁉」と、予想通りのことをねだった。水野はどう言い聞かせようかと苦笑する。旅館の男性が『行ったら分かる』と口にしていたように、浜辺の至るところには〝遊泳禁止〟の看板が立てられていた。

「まだ水が冷たいぞ」

「がまんできるもん！」

「それだけじゃない。この海は、すぐにうんと深くなるらしい。お父さんでも足がつかないくらい、ずっとずっと深いんだ。お父さんも泳げるが、きっとお父さんでも溺《おぼ》れてしまう」

水野とて外海の深さは知らなかったが、紺色をしている海水を見ただけで、それが一、二メートルの水深では済まないと容易に想像することができた。水野の言葉に、葵はびくりと身を竦める。

「……怖がらなくても、お父さんと春樹の近くにいれば守ってやれるから大丈夫だ」

「ほんと？」

「ああ。当たり前だろう」

はっきりと、自信をこめて言い切ってから、未だ少し怯《おび》えたように海を見ている葵の頭を撫で、水野は右手側の岩場を指さす。

「あとで、向こうの岩場にも行ってみよう。大きい水溜まりができているらしいから、そこなら入っても大丈夫だぞ。着替えもある」

「やったあ！」

「それに、岩場のあたりだとウミガメが見れるらしい。宿の人が言っていた。一緒に探そう」

「カメさん⁉」

「そうみたいだぞ」

確かに海は恐ろしいものではあるが、遊びかたさえ間違えなければ、子どもにとって自然と触れ合う絶好の遊び場でもある。明日の昼の船で帰らなければならない短い日程ではあるけれど、今まで教えてやれなかった分も含めて、葵に教えてやりたいことは山のようにあった。

水野の言に瀬名も頷き、ひょいひょいと軽く葵を手招く。波が届くか届かないかという場所にしゃがみこんだ瀬名は、すでに濡れた砂で小さい山を作り始めていた。

「ほら、トンネル作ろうぜ。葵、砂場好きだろ？」

「うん！」

「こんだけあるからな、いつもよりでっかいの作れるぜ？」

よく公園で一緒に作っているのだろうが、二人で向かい合って砂を掻き集めている様子は、水野にとってはひどく新鮮なものだった。水野はシャツの胸ポケットにしまっていた携帯を取り出し、もくもくと山を大きくしていく二人の姿をディスプレイに映し出すと、一度、二度とシャッターを切った。

「コラそこ、なに勝手に撮ってんだよ」

「後で送ってやる」

「頼むわ」

勝手に撮られた気恥ずかしさはあるが、葵と写っている写真は素直に欲しいのだろう。素直なのかあまのじゃくなのか分からない返答に笑っていれば——その穏やかな空気を割くように、水野の携帯が着信を告げた。手に持っている私用の携帯ではなく、ズボンの尻ポケットに片時も離さず入れている、仕事用のものの着信音だった。瀬名も、葵も、そして水野も、思わず身体の動きを止めた。

水野はすぐに二人に背を向け、数歩の距離を取ってから通話に応じる。その間はたった三秒にも満たなかったが、水野は、まるで神にでも祈るような気持ちだった。

「——はい。水野です」

声が強張っている自覚はあった。いくら離島とはいえ、最悪の場合は旅客船ではなく、飛行機で内地に戻らなければならない。その可能性を思うだけで胸が軋んだが、通話の相手の師長はまるでいつもと同じトーンで、すらすらと水野に業務報告を告げていく。——そう、内容は、水野の担当する患者が熱を出したため、別の医者の指示により一時的に点滴の量を減らしたという報告のみだった。通話中にも拘わらず、水野は思わず安堵の溜め息を漏らしていた。

水野の勤める大学病院では、担当医が不在時に投薬を変えた際は、そのことをすぐに担当医まで報告する義務がある。師長は水野の溜め息に気を悪くしたふうでもなく、いつものように淡々と「以上です。お休み中に申し訳ありません」と話を結ぶ。水野も「承知しました。引き続き、宜しくお願いいたします」と頭を下げ、通話終了のボタンを押した。

尻のポケットに携帯を押しこんでから二人のほうを振り返れば、瀬名も葵もどこか悲しげにじっと水野を見つめていた。その視線には、今まで味わわせてしまった二人の寂しさがこめられている。きっとこれからも味わわせてしまうことがあるだろう現実を、水野自身も悲しく思わないと言ったら嘘になるけれど、それでも今日は大丈夫だと伝えるために、水野は精一杯の穏やかな表情で首を横に振った。

「師長からの報告だ。担当患者の投薬内容が変わったと」

「……それで？」

「それだけだ。うちの病院は、担当医不在の間に別の医師の指示で投薬内容が変わったら、担当医に報告を上げなければいけない。その連絡だった」

「そっか。――よかった」

噛みしめるように言い、瀬名はすぐに肩の力を抜いたが、葵は未だ泣きそうな眼でじっと水野を見つめ続けている。それは去年の冬に初めて三人で出かけた際、水野が急患の呼び出しに応じた時と、まったく同じ表情だった。

水野は葵の近くに腰を下ろし、「大丈夫だ」と柔らかな髪を撫でてやる。

「お父さんも、一緒に作っていいか？」

「帰らない？」

「帰らない。大丈夫だ」

はっきりと言い切って笑いかけてやれば、ようやく葵も涙の気配を消し去り、再び元気に辺りの砂を集め始めた。水野もほっと肩を撫で下ろしてからシャツの袖口を捲り、初めて葵の隣で砂の山を作った。

しっかりとトンネルまで繋げてから岩場に移動し、まずは三人でウミガメを探したが、タイミングが悪かったのか目が慣れていないのか、しばらく頑張っても見つけることはできなかった。葵は少し残念そうにしていたけれど、すぐに岩場の大きな潮だまりで水遊びを始めた。想像以上に深くできていたそこには、干潮《かんちょう》になる際に逃げ遅れたと思しき小魚も泳いでおり、葵は全身ずぶ濡れになりながら魚を追いかけ、海水が口に入るたびに「しょっぱい！」と可愛らしく顔をしかめていた。

いくら潮だまりは海よりも水温が高いとはいえ、季節はまだ五月だ。長時間水に浸らせておくには寒い。水野より先に宿に戻ろうと促したのは瀬名で、葵はしばらく名残惜しげに潮だまりを泳ぐ魚を眺めていたが、やはり吹きつける風は素直に寒いと感じたのか、大人しく差し出された瀬名の手を取っていた。

全身ずぶ濡れで宿に戻った葵に、女将は快くバスタオルを貸し出してくれた。砂と海水で靴が履けずにいた水野と瀬名もありがたくタオルを借り受けてから、廊下を汚さないように部屋へと戻り、備えつけの小さな風呂場で三人一緒に身体を流す。ユニットバスほど窮屈ではないが、水野も瀬名も日本人の平均よりも体格が良い。葵の髪と身体を洗ってやりながら、瀬名はしきりに「狭い」と照れ隠しのように笑っていた。

着替えを済ませた時には、時間は一時を過ぎていた。旅館の近くに建つ定食屋で昼食を摂ってから向かった先は、バスで二十分ほどの距離にある自然ふれあい館だった。船と宿の予約をした時に渡された簡易ガイドブックによれば、この島の山あいには、天然記念物に指定されている〝アカコッコ〟という褐色《かっしょく》の野鳥が多く生息しているらしかった。

バスを降りると、今度は木々から流れる森の匂いが三人を出迎えてくれる。ほんの二十分足らずの移動で海も山も堪能できる環境に感心していれば、瀬名も同じことを考えていたのか「おまえ、旅行先を選ぶ目は確かだと思うわ」と思いがけない称賛《しょうさん》をされ、水野は咄嗟に礼を述べることもできずに、にやけそうになる口元を片手で隠した。

海水浴客で溢れる季節でもないからか、自然ふれあい館の中に他の観光客の姿はなかった。職員は水野たちの訪問を大いに喜び、丁寧に館内を案内してくれたのちに、バードウォッチング用の望遠鏡の前に、背丈が足りない葵のための台を置いてくれる。

ウミガメと同じく、野鳥もまた見られるかどうかは運に左右されるところが大きい。葵の隣で別の望遠鏡を覗きこみながら、職員のアドバイス通りの場所を探していれば、真っ先に「いた！」と声を上げたのは意外なことに葵だった。別の望遠鏡を覗いているにも拘わらず、「お父さん、はるくん、ここ！」としきりに指をさしている姿はあまりに可愛く、水野も瀬名も、案内をしてくれている職員までも、口元に柔らかな微笑を浮かべていた。

出口にある小さな土産物屋で、葵にアカコッコのキーホルダーとポストカードを買ってから、自然ふれあい館を出る。車で送りましょうかと申し出てくれた職員に、かわりに帰り道を尋ねると、歩いて帰りたいという水野の意図を察したのか、より海が見えやすい道を分かりやすく教えてくれる。時刻は、じきに五時を過ぎようとしていた。

バスで約二十分の距離を歩こうとすれば、葵の歩調では大人よりもさらに長い時間が掛かる。途中途中で水野か瀬名が抱いてやりはしたが、葵も楽しげに海が見える帰り道の散歩を満喫してくれたようだった。

宿に戻ると、女将が慌てた様子で露天風呂を勧めてきた。帰りの道すがら夕食後に入ろうかと話していた手前驚いたが、どうしても、と笑顔で勧めてくる彼女の案内に従い大浴場へ向かう。なぜ今入浴を勧められたのか、その理由はすぐに知ることができた。

「うわあ……っ！」

「……すっげえ」

「これは、たしかに今しか見れないな」

眼前に広がる水平線には、オレンジの眩しい太陽が今にも沈んでいこうとしていた。陽光を反射し、海にもまた一本の光の道が、ゆらゆらと綺麗に浮かび上がっている。三者三様に感嘆の声を漏らす水野たちと同じように、数人の他の入浴客もまた、絶景と呼ぶに相応しい夕焼けに眼を奪われている。

「いや、マジで、すげえな」

「それしか言ってないぞ、おまえ」

「うるせ。だってそれ以外になんも言えねえだろ、こんなん」

「確かに、それもそうだな」

眩い光を放っていた太陽は、じきにその光の色を真紅に変え、紺から黒に近づきつつある海へと半身を沈めていく。空の色もまた、見たことがない鮮やかな紫とオレンジのグラデーションを描き出していた。

「お父さん、写真っ！」

「お父さんも撮りたいが、お風呂にカメラは持ってこれないからな。忘れないように、よく見ていような」

「ええーっ」

物分かりの良い葵にしては珍しく、不満げな返答だった。よほどこの光景が眼に焼きついたのだろう。葵の胸を震わせることができた喜びを味わいつつ、水野は、頭上で輝き始めた星を仰ぐ。

「……じゃあ、次にきた時は、三人で写真を撮ろう」

「——やくそくする？」

「ああ。約束だ」

差し出された小さな小指に、水野も小指を絡めてやる。静かな露天風呂に響く、葵のゆびきりげんまんの歌が、優しく水野の胸へと沁みた。

部屋に戻ると、夕食の支度が調えられていた。配膳をしてくれたらしい女将は、テーブルの上の料理の説明を終えてから、にこにこと「お湯加減はいかがでしたか？」と首を傾げる。水野は、静かに頭を下げた。

「素晴らしかったです。勧めていただきありがとうございました」

「ぜひ見ていただきたかったんですよ」

「夕暮れの後の星も本当に綺麗で」

「でしょう。星、お好きですか？」

「だいすき！」

嬉々として会話に割って入った葵に、女将も穏やかに笑顔を深め、「それなら」とひとつの提案をくれる。

「元気がおありでしたら、歩いて行ける距離に立派な天文台《てんもんだい》がありますよ。観測の夜間開放もしていますから、夕食後にお出かけになってみても良いかもしれませんよ」

女将の案に、水野と瀬名は顔を見合わせる。時間的に行けないわけではなかったが、さすがに葵も疲れているだろうと慮っての沈黙だった。

だが、当の葵は「てんもんだいってなに？」とその眼を輝かせ、テーブルに身を乗り出している。

「お星さまを、よーく眺めるためだけに作られた場所のことよ」

「っ、お父さん、いきたい！」

「じゃあ、ご飯を食べたら行ってみようか」

「うん！」

女将は懐《ふところ》のメモに簡易な地図をさらさらと描き、「どうぞごゆっくり」と部屋を出て行く。三人は新鮮な魚がふんだんに使われた料理をじっくりと味わってから、満腹の腹が落ち着いた頃に旅館を出た。

月こそ満月に近く、夜空はふんわりと明るいヴェールが掛かっていたが、都心と比べ、道に街灯はとても少ない。始めは葵も涙目で怖がっていたけれど、やがて目が慣れたのか、教えられた天文台に着いた頃にはすっかり元気を取り戻していた。

だが、肝心の天文台の玄関に明かりは灯されておらず、「お星さまいっぱい！」と夜空を見上げてはしゃぐ葵とは対照的に、二人は途方に暮れていた。

「……開かねえけど」

「そうみたいだな」

三階建てほどの建物の屋上には、明らかに普通の家屋とは違う半球型のドームが乗っていた。おそらく、そこに観測のための望遠鏡があるのだろうと当たりがつく。だが、玄関はおろか一階にも明かりは灯されておらず、当然、自動ドアの反応もない。臨時の休館日なのかもしれなかった。

こうなればもう帰るしかないか、と水野が諦めかけた時、不意に「どうかされましたか？」という声が上から届く。水野も瀬名も、同時に声の方向を向いた。

屋上のドームの脇には、ひとりの男性が立っていた。おそらく彼が声の主だろうと、水野は「突然すみません」と話しかける。

「夜間観測を行っている天文台があると伺ったもので」

「ああ……申し訳ありません。今日の夕方に、メインの反射望遠鏡がトラブルを起こしてしまって、今は業者待ちをしていたところだったんですよ」

「そうだったんですか」

ならば仕方がない、と水野と瀬名が諦めかけた時、彼は「少し待ってください。今降ります」と、屋上から姿を消した。その後一分も経たないうちに、一階にパッと明かりが点く。

自動ドアも、電気が点くと同時に稼働したようで、中から出てきた男性は「わざわざ来ていただいたのにすみません」と、先ほどと同じ声で水野と瀬名に問いかける。水野よりも年上の、四十代前半の見た目をした、落ち着いた物腰の男性だった。

「お子さんに、星を見せに来たのではないですか？　本来なら、うちのいちばん大きな子でお見せできたところなんですが」

「いえ、そんな」

「いちばん大きな子ほどではありませんが、二台、今も観測を行っているサブの反射望遠鏡があります。それ以外にも、手持ちで観測が行える高感度の小型望遠鏡もありますから、そちらでも宜しければお見せできますけれど……どうしましょう？」

願ってもない申し出に、水野はすぐに「ご迷惑をおかけしますが、お願いできますか」と頭を下げた。本来なら引き下がるべきところなのだろうと分かっていたが、葵を残念がらせたくないという気持ちのほうが勝《まさ》っていたのだ。

「いえいえ。謝らなければいけないのはむしろこちらのほうですから。中へどうぞ」

「葵、中に入れるってさ」

「やったあ！」

「――あれっ、先生？　今日休館日にするって言ってませんでしたっけ？」

自動ドアを潜れば、上背がある水野よりもさらに背の高い青年が、きょとんとした顔で葵を見ていた。こちらはむしろ、瀬名よりも若い見た目をしている。

「せっかく観光に来てくれたらしいから、特別に案内してあげようと思ってね。ルージュはお疲れだけど、ミチルとヒビキは動いているだろう？　屋上で小型を貸してあげても良いし」

「えっ、わざわざ来てくれたんですか!?　夜測《よるそく》見に来てくれる人ってあんまいないんで、すっごい嬉しいです！」

「と、とんでもない」

効果音でもつきそうなほどパッと鮮やかに向けられた笑顔に、思わず水野と瀬名は気圧《けお》される。青年は二人の反応にも構うことなく、人見知りを発揮しかけている葵の前にしゃがみ、「いーっぱい、お星さま、見せてあげるからね！」と笑顔を振りまいていた。

「……あれでも、うちでいちばん優秀な研究員なんですよ」

「え」

「ふふ。見えないでしょう？」

「い、いえ」

咄嗟にフォローをすることもできずに固まってから、水野は慌てて「講師でいらっしゃるんですか」と話題の矛先《ほこさき》を逸らした。

「彼が『先生』と仰っていたので」

「あっ、そうですね。申し遅れました。私は四月から非常勤研究員として勤務している津《つ》田《だ》博之《ひろゆき》といいます。あちらの彼は、専門研究職員の高崎《たかさき》すばるです」

「水野博志です。お世話になります」

「私は数年前まで内地の大学で教鞭《きょうべん》を執《と》ってまして、彼はその時の教え子でもあるんですよ。ですから、その頃の癖が抜けないままで。外の方の前でお恥ずかしいですが」

「ああ、なるほど」

他愛のない話をしながら、〝観測室《かんそくしつ》〟と書かれた重厚な鉄のドアを潜る。目の前にそびえ立つ望遠鏡は、当然ながら水野が知る一般的な〝望遠鏡〟よりも大きく、天に向かって筒《つつ》を伸ばしていた。葵もしきりに「すごい！」と言っては、傍らに立つ高崎の説明に耳を傾けていた。

「この望遠鏡はね、測光《そっこう》……って言っても分かんないか。えーっと、星の光の色を測定するのがとっても上手なんだよ！」

「光の色？　お星さまの？」

「そう！　よーくお星さまを見ていると分かるんだけどね、星はそれぞれ違う色をしてるんだ。星が発してる光は、星の年齢とか成分を知るためには欠かせない大事な情報だから、この望遠鏡はその星の色の違いを観測するために造られたものなんだよ！」

「かんそく？」

「あっ、ごめんね！　えーっと……」

「葵。この望遠鏡は、お星さまの色がどんなふうに違うのか、目で見るよりずっと詳しく教えてくれるんだってさ」

「そうなんだ！」

すごい、と改めて声を上げる葵にほっとした様子で、高崎は瀬名に「補足、ありがとうございます！」と頭を下げたかと思いきや、彼は駆け出すように観測室を出て、またすぐに小型の望遠鏡を手にして駆け戻ってくる。流れるように語られる説明の数々とはまるで正反対の犬のような行動に、水野は噴き出しかけた口元を覆うことで誤魔化した。

屋上へ出れば、視界いっぱいに満天の星が広がっている。高崎から手渡された小型望遠鏡を覗きこみながら、彼から教わった星の特徴を、しきりに瀬名にも伝えようとする葵の様子に、自然と水野の唇が柔らかな弧を描いていた。

「可愛いお子さんですね」

「はい。自慢の娘です」

「水野さんも、とても素敵なお父さんですね」

「――いえ。それは違います」

考えるよりも早く、水野の唇は否定の言葉を紡ぎ出していた。ぽかんと固まった隣の彼の反応に気づくことなく、水野は首を横に振る。

「……私は医師ですが、ほんの数か月前まで、激務を言い訳に、まるで娘に父親らしいことをしてやれていませんでした。娘はつい先日五歳になりましたが、私は今年初めて、娘の誕生日を祝ったんです。――この旅行も、今までごめん、という娘に対する罪滅ぼしの気持ちがゼロだったと言ったら嘘になります。もちろん喜ばせてやりたかったのが一番ではありますが」

苦々しい思いでそこまで言い連ねてから、ようやく水野は我に返り、慌てて「すみません」と謝罪する。

とても初対面の相手に聞かせるべき内容の話ではない、と、深く後悔する水野にも動じることなく、彼はあくまで穏やかな笑みを絶やさない。

「――そんなふうに心変わりができたのは、あそこの彼の影響ですか？」

「は、」

まさか図星《ずぼし》を指されるとは思わず、水野は絶句する。彼は水野の様子に「こちらこそ、すみません」と静かに謝罪を重ねた。

「珍しい組み合わせでいらっしゃいましたから。ご兄弟や親戚、という雰囲気でもない。ならばパートナーかな、と」

「聡《さと》いですね」

「不躾《ぶしつけ》に申し訳ありません。……ですが、だれかの優しさに触れたことがきっかけで、自分が優しくなれたのなら、それはとても素敵なことだと思います。その『だれか』が大事な人であればあるほど、与えられた優しさは胸に残り続ける」

「……はい」

「それに——優しい人は、悲しみを知っている人だ。悲しく、つらい思いをした人は、同じ思いをだれかにさせたいとは思わないはずですから」

彼は穏やかに笑んだまま、満天の星を見上げていた。

「この島の人は、みんな優しいでしょう？　……この島に住む人は、全員が一度、帰る家を失っています」

「はい。知ってます」

静かに、水野は頷く。旅行先を三原島と定めた時に、どこかで聞いた名だと思い、観光先を調べている最中にその理由を知った。三原島は数年前に大きな噴火があり、有害ガスの影響により、全島民に避難命令が出されていた過去がある。

「島民全員が悲しみに暮れました。私も、言葉にできないほど、つらく悲しい気持ちになりましたが……深い悲しみを知っている人は、それだけ、人に、だれかに、優しく接することができると、私は考えています。この島は一度悲しみの海に包まれましたが、ゆえにそれだけ、今は優しさに満ちている」

彼は視線を夜空から水野に戻し、かすかに首を横に振る。

「あなたは『罪滅ぼし』だと仰いましたが……それは違うと、私は思うんです。あなたは、きっと、悲しかった。今までの自分がしてきたことがとても悲しいと、その悲しみに気づいたからこそ、だれかに優しくなることができた。大事な人の優しさに触れて、助けられながら、優しい人になりたいと思ったのなら——それはとても温かなことであって、決して『罪滅ぼし』などではないと、私は思いますよ」

彼はゆったりとした口調でそこまでを言い、やがて恥じたかのように「すみません」と小さく頭を下げた。

「ダメですね。教壇《きょうだん》に立っていた時の癖か、どうにも説教癖が抜けず……。事情も知らない他人が、出過ぎたことを言いました。申し訳ありません」

「とんでもありません」

水野も、慌てて頭を下げる。——今しがた顔を出した葵に対する罪悪感は、不思議なほど綺麗に、水野の胸から消えていた。

「むしろ……少し、気持ちが軽くなった気がします。ありがとうございます」

「そうですか。それは良かった」

彼は再びゆるりと笑い、「頑張ってください。お父さん」と、穏やかな言葉で水野の背中を押す。

水野は「はい」と頷いてから、少し先で星を眺めている瀬名と葵の背中を、優しく見守り続けていた。

観光に明け暮れ、一日中歩き続けた身体はさすがに疲労を感じていたが、それよりも心地好い充実感が水野の全身を満たしていた。眠たげに目を擦《こす》っていた葵の寝かしつけを瀬名に任せ、水野はロビーの小さな土産物屋で、缶ビールを二本と軽いつまみを購入する。女将は、男二人と子ども一人という異色の組み合わせにも拘わらず、「おやすみなさい」と穏やかな微笑みを浮かべていた。たったそれだけのありふれた挨拶が、水野の胸へと沁みた。

小さな白いビニール袋を提げ、部屋のドアノブを回せば、中はすっかり静まり返っていた。葵が寝就いていることを察し、水野は静かに鍵を閉め、そっと部屋に続く襖《ふすま》を開く。てっきり葵と一緒に横になっているかと思いきや、和室に瀬名の姿はなく、水野は無言で部屋を見回す。床の間の近くの行燈《あんどん》の明かりだけが残る室内には、名も知らない軽やかな虫の声と、葵の大人しい寝息、そして仄かな煙草《たばこ》の匂いが満ちている。

葵の寝顔をしばらく見つめたのち、水野は広縁《ひろえん》の障子に手をかける。するすると桟《さん》に障子を滑らせれば、やはりそこには椅子から両脚を投げ出した瀬名が、僅かに開けられた窓に向かってゆっくりと紫煙《しえん》を吐き出していた。

「珍しいな」

「悪い。ちょっと吸いたくなった」

「いや。そんな日もあるだろう」

葵と暮らすようになってから本数はだいぶ減らしているように見えるが、もともと瀬名は喫煙者だ。身についた習慣というものはなかなか変えられるものではない。たまに瀬名の身体から匂う煙草の香りは、葵が産まれた時に止めた自分の煙草の匂いとよく似ていた。

「俺にももらえるか？」

「――うっわ、珍し」

「たまにはな」

袋をテーブルに置き、右手を差し出せば、瀬名は未だ驚きながらも水野の指に一本の煙草を挟ませる。カチリと鳴る百円ライターの安っぽいスプリングの音すら、どこか懐かしい気持ちにさせるから不思議だ。

すう、と肺の奥まで煙を吸いこめば、くい、と瀬名が顎で向かいの椅子を示す。『座れば？』という無言の誘いに、水野もまた無言でひとつ頷き、悠々と紫煙をくゆらせながら手元のビニール袋からビールの缶とピーナッツの袋を取り出した。

「よく寝てる」

「そりゃ、あんだけはしゃげばな」

結露した缶を一本手に取り、瀬名がプルトップを引く。

「船酔いしない子でよかったぜ。あれ、するヤツは結構キツイだろ。夜通し乗りっぱなしだし」

「キツかったか?」

「いんや?　俺は昔っから三半規管《さんはんきかん》は強ェから」

少し得意げに瀬名は笑う。

「車ン中で本とか読んでたしな。ガキん時とか」

「それは……強いというよりかは、壊れているんじゃないのか?」

「ンだとコラ」

返された語調は強いが機嫌を損ねた様子もなく、瀬名はくすくすと笑いながら「カンパイ」と缶のふちを合わせてくる。そのままごくりと大きく喉仏を鳴らしてから、瀬名は「おまえは?」と首を傾げた。

「休みの日にこんな遠出したことねえだろ。おまえこそ疲れてんじゃねえの?」

「珍しいな」

口についた泡を親指で拭いつつ、水野はゆるりと笑みを深める。

「そこまで素直に心配してくるなんて」

「うるせえな。悪ィかよ」

「疲れてないと言ったら嘘になるが……それよりも充実感のほうが大きい。世の家族がやたらと旅行に行きたがる理由がよく分かった」

水野も、医局の人間や同期の吉澤から〝土産〟と称したよく分からない菓子のたぐいを押しつけられることがままある。かつては、ただでさえ少ない休暇の時間を割いてまで家族で遠出をする意味が分からなかったが、確かにこれは癖になりそうだ――と、水野は今日の葵の様子を思い出す。

「……疲れさせていないと良いが」

「はあ？　疲れてるに決まってんだろ」

なにを言っているんだと言いたげに、瀬名は小さく肩を竦める。

「大人の俺らがくたくたなんだから、子どものアイツが疲れてねえワケねーだろが」

「そうだな。すまない」

「や、――でもさ……絶対、疲れなんか感じねえくらい楽しんでたよ。アイツ」

「だと良いが」

ぽつりと零す水野に呆れたような視線を向け、瀬名はとんとんと灰皿に煙草の灰を落としつつ「バァカ」と柔らかく悪態を吐いた。

「寝るまでずっと今日の話してたぜ。鳥さんが～～お星さまが～～って」

「そうか」

「ま、しばらく『うんうん』って聞いてたら、あっという間に寝ちまったんだけどさ」

「それで寂しくなって、こんなところで一服していたって訳か」

「黙れよ」

図星を指されると途端に口が悪くなるのは、判りやすい瀬名の癖のうちのひとつだ。

「寂しがらせて悪かった」と茶化すように畳みかければ、逃げ場はないと悟ったのか、あるいは潔く負けを認めたのか、「ホントだよ」と瀬名はいたずらに口角を上げる。

「くーちゃんもだけど、この旅行も最高のプレゼントになってると思うぜ」

「父親冥利に尽きるな、それは」

「……そういや、おまえはいつだよ。誕生日」

「俺か？　七月十九日……だった気がするが」

「おい。気がするってなんだよ」

「自分の誕生日なんてこれまで気にしたことがないからな。念のため後で免許証を確かめておく」

真面目な顔で続ける水野に、瀬名は可笑しげに声を上げて笑った。

「覚えとけよな。こんな楽しいことできんなら、誕生日だって悪かねーだろ。俺も、めちゃくちゃ久しぶりだったし」

「旅行か？」

「おう。中学ん時にはもう行ってなかった。……なんか、親と一緒にっつーのが恥ずかしくてさ」

「多感な時期だからな」

「今んなってみるとバカみてえって思うけどな」

自嘲《じちょう》するように言い、瀬名は短くなった煙草を灰皿へと押しつける。

「家族サービスっつーか……親孝行？　もっとしときゃよかったなって。——まあイマサラなんだけどさ」

「瀬名」

それ以上は言葉に痛みが伴う。そう判断して呼んだ名前の意図を違《たが》えることなく受け取り、瀬名はぴたりと唇を閉ざした。

水野もまだ長い煙草を灰皿に押しつけてから、視線で瀬名を呼び寄せる。脚を組んでいたせいで僅かに乱れた浴衣の裾《すそ》をそのままに、ふらりと目の前にやってきた瀬名へ右手を伸ばせば、大人しく水野の手のひらに瀬名の頬が収まる。

互いの意思を探るように、視線は合わせたまま唇を重ねる。柔らかく降ったキスの感触にどちらともなく目蓋をおろし、ゆるゆると舌を絡めていけば、薄い布一枚に隔てられている瀬名の体温が少しずつ上がっていく様が手に取るように分かった。

「——ッ、ふ、」

逃げるように後ろへ下がろうとする瀬名の肩を引き寄せながら、舌を絡めてきつく吸う。じゅっ、と響いた唾液の音がいたたまれないのか、瀬名はいつにも増して忙しなく身じろぎを繰り返している。

ゆっくりと歯列をなぞってから、舌の先で弱い上顎を突《つつ》く。瀬名もまた火照《ほて》った舌で水野の動きに応えながら、次第にしどけなく水野に体重を預け始めた。

「……なに、すんの……？」

「――しないのか？」

問い返せば、ぱっと目許を赤く染めた瀬名が舌打ちを返してくる。パシッと軽く叩かれた頭に困惑する水野を置き去りに、瀬名はふらりと水野の膝の上から立ち上がり、障子を開けるやそのまま姿を消してしまった。

瀬名の行動の意図が読めずに硬直したまま、おそらく数十秒が経ってから、ようやく瀬名が水野のもとへと戻ってくる。頑なに合わされようとしない視線は、しばらく床を睨みつけていたが、瀬名は器用に視線を逸らしたまま、水野の胸板へと二つのコンドームと、小さなボトルに入れられたベビーオイルを投げつけた。

「……今日は二回か？」

「ざッけんなバカ！　汚れっから俺もすんだよ！」

「分かってる。あまりでかい声を出すな」

葵が起きる、と囁《ささや》くように告げれば、途端にびくりと瀬名の肩が跳ねた。いくら深く寝入っているとはいえ、防音効果など微塵《みじん》も望めない障子一枚を隔てた場所で溺愛している葵が眠っているとくれば、瀬名も気が気ではないだろう。それでもなお『良い』という許可を示す二枚のコンドームがいたく微笑ましく思えてならない。無言のままそれを左手で弄んでいれば、さすがに羞恥に耐え兼ねたのか、今度は瀬名のほうから噛みつくようなキスが降ってくる。

「積極的だな」

「うるッせえな」

吐き捨てるような声とは裏腹に、水野の髪へと触れる瀬名の手つきはやたらと甘い。

「――頑張った〝お父さん〟に、ご褒美だよ」

するりと僅かに浴衣を乱され、剥き出しの首筋を甘く噛まれる。いつもの照れがどこにも見当たらない瀬名の積極的な行動に、どうやら本当に『ご褒美』とやらを貰えるらしい、と、水野はかすかに口角を上げる。

与えられるキスに応えるように、水野もまた瀬名の身体に手を伸ばし、浴衣の合わせを開いていく。晒《さら》された肌を味わうように撫で上げれば、アルコールで火照った体温が心地よく手のひらに染みこんでくる。

脇腹を撫で、そのまま背中に右手を回し、浮いた背骨を人差し指でなぞっていく。いつにも増して緩慢な触りかたがこそばゆいのか、あるいは羞恥心《しゅうちしん》に苛まれているのか、瀬名はひくりと身を強張らせ、キスを降らせていた唇を尖らせる。

「――手、冷てェ」

「悪い」

「どっこも悪いって思ってねえ顔なんだけど？」

からかうように言い放ち、瀬名は自ら身に纏っている浴衣の帯へと手をかける。更なる気恥ずかしさを自覚する前に、さっさと脱ぎ去ってしまおうという魂胆《こんたん》が透けて見える行動だった。

瀬名の顔を見上げながら『惜しいな』と水野は思う。やがて紺色の帯の結び目がしゅるりと解かれた瞬間に、水野の手は自然と瀬名の動きを食い止めていた。

「そのまま」

「……は？　なにが？」

訝しげに問い返され、返答に窮《きゅう》する。『着たままシたい』などと開けっぴろげに告げれば最後、一切の容赦のない拳が飛んでくると予想ができた。

大人しく動きを止め、俄かに困惑しながらこちらを見つめる瀬名の視線がいたたまれず、水野は少し気まずげに視線を逸らす。

「……浴衣姿は初めて見たからな」

似合っているとは素直に口にできず、ぽつりとそれだけを口にする。ぽかんと唇を半開きにして固まる瀬名の表情は、わざわざ目にするまでもなく肌で感じ取ることができた。

「――おっ、ま……マジ、ヘンタイかよ」

ともすれば反射的に殴られていてもおかしくはない発言だったが、瀬名は「マジか」と意味のない呟きを繰り返しながら肩を震わせるのみだった。水野としては肩透かしを喰らったも同然だったが、瀬名の機嫌を損ねずに済んだのならそれに越したことはない。

水野の遠回しな要求に従い、瀬名は帯のみを床へと落とし、心底可笑しげに笑いながら大きく浴衣の合わせを開く。晒された鎖骨や胸板へ慈《いつく》しむようなキスを贈れば、瀬名の肩に引っかかっただけの薄い布地が、むずかるように衣擦れの音を立てる。

腰を引き寄せ、下着のゴムへと手をかける。水野の意図を察し、瀬名も自ら脚を上げ、脱がせようとする水野の動きを律儀《りちぎ》に手伝おうとする。瀬名はセックスを嫌がる性質《たち》ではないが、ここまで水野に従順に身を預けてくることは滅多《めった》にない。瀬名もまた自分の行動の珍しさを自覚しているのか、あるいは自分ひとりが下半身を剥き出しにしている状況が恥ずかしいのか、すぐに瀬名の手も水野の下着へと伸びる。

しかし、脱がせようという意思で伸ばされた瀬名の手は、下着の内側で主張する水野の熱に気づいた瞬間に、ぴたりとその動きを止めた。

「……勃つの早くね？」

「おまえだからな」

「うるせえよ。——人がせっかく勃たせてやろうと思ってんのに」

空気読め、という悪態は十中八九《じゅっちゅうはっく》照れ隠しだと、すでに水野は心得ている。思わず零れ落ちそうになる笑いを寸でのところで堪えていれば、「笑ってんじゃねェよ」と吐き捨てられると同時に、水野の下着が雑な手つきで取り払われる。

剥き出しになった水野の欲に溜飲が下がったのか、瀬名は満足げに口角を上げながら水野の左手へと手を伸ばし、コンドームをひとつ取る。四角いビニールのふちを軽く噛み千切り、まるで焦らしているかのようなゆっくりとした動きで、勃ち上がった水野のペニスにコンドームを被せていく。

ぬめる指の感触に、水野は小さく咽喉を鳴らした。ごくりと上下した喉仏に気を良くしたのか、瀬名はまたひとつ水野の左手からコンドームを手に取り、するすると慣れた手つきで自分のものにもそれを被せた。

「エロいな」

「っは、」

吐息と同じ声量で、瀬名がひっそりと声を震わせて笑う。

「もーちっと気ぃ利いたこと言えよ」

「……善処すればいいか？」

「嘘。マジでやめろ」

せっかくノッてきたのに、と、笑みを深めながら、瀬名はばさりと大きく浴衣の裾を払った。首へと左腕を回し、ゆっくりと体重をかけてきたところで水野は瀬名の意図を察し、今にも後ろへと回りかけていた瀬名の右腕を軽く掴んだ。

「待て」

「――は？　ここで？」

ぽかんとする瀬名の右手からベビーオイルのボトルを奪う。器用に片手で蓋が外されていたそれを傾けながら、水野は自分の指を濡《ぬ》らした。

「今日は俺がやる」

「……マジ？　珍し」

「いつもさせてくれないのはおまえだろう」

最初に男同士のセックスのやりかたを教えたからか、瀬名はセックスの時に主導権を握りたがる。率先して動く姿を疎ましく思ったことなど一度もないが、今日は水野も〝家族サービス〟の心づもりでいる。いくら『ご褒美』であろうとも、自分ばかりを気持ちよくさせてもらうつもりはない。

ローションよりもさらりとした感触のオイルを指全体に馴染ませながら、初めて瀬名を抱いた日にも同じ香りがしていたことを思い出す。どこか懐かしさを覚えながら、濡らした一本目の指をゆっくりと後孔に挿しこんでいく。

「っ、」

ぴくりと跳ねた肩へなだめるようなキスを降らせつつ、きつく侵入を拒む内壁をほぐす。セックスをするためにつくられた場所じゃないのだから、受け入れまいとする身体の反応は当然と言える。それを知っていてもなお、今の自分が犯したいと思う相手は目の前で苦しげに眉を寄せている瀬名ひとりだけだった。

「キツいな」

「久しぶり、だし……」

しょうがないだろとでも言いたげな雰囲気で、瀬名は荒く息を吐く。

「めんどくせえ……ッ、慣らしてくりゃよかった」

「……そうか？　俺は楽しいが」

「――だからだろっ、この悪趣味！」

吐き捨てるように告げられた照れ隠しの悪態を甘んじて受け止めながら、中指を付け根まで押しこむ。少しでも早く慣れるようにと軽い抜き差しを繰り返せば、くち、くちと響くオイルの音と、荒く吐き出される瀬名の呼吸が、やたらと大きく水野の耳に届いた。

次第に異物を呑みこむやりかたを思い出したのか、瀬名の呼吸が落ち着いたタイミングを見計らい、緩み始めた後孔に二本目の指を挿しこむ。「ん」と、少し苦しげな声こそ漏らされたものの、瀬名は水野の節張った人差し指をも従順に身体の内側へと収め、水野の胸元へとしがみつく。

「――ん、ぅ、っ」

「瀬名」

「ッ、……ぁ、あっ！」

狭い内壁を掻き分け、鉤状《かぎじょう》にした指で性器の裏側をなぞってやれば、ひゅっと喘ぎ声を飲みこみ、かくりと瀬名は力を失う。セックスのたびに何度となく責め立ててきた前立腺は、触れるたびにはしたなく水野の指を締めつけてくる。その素直な身体が、可愛く思えてしょうがない。

「――ぁ、ひ、……ッ」

小さく上がった声を堪えるように、瀬名が首を横に振る。葵に聞こえないよう、きつく噛みしめられた唇を舌でなぞれば、咎めるように睨まれる。声を出したくないという瀬名の意思は存分に伝わってきていたけれど、自分の手で乱れていく恋人の変化が見たい気持ちは、正常な男の欲求と呼べるだろう。

「っ、も、いい……っ」

「まだ早いだろう」

「――いいって！」

大丈夫だから、はやく、と急かすように告げられ、瀬名から見えないように笑みを深める。中で達する前から瀬名が水野を求めてくる珍しさに、水野の身体にもまた一層の興奮を宿らせていく。

三本で入り口を拡げ、少しふやけた指を引き抜く。それを合図に、瀬名は自ら腰を浮かせ、水野の肩に手をかけた。深く息を吐きながら亀頭を後孔に宛がい、じわりじわりと焦らすように水野の勃ち上がったペニスを呑みこむ。そのひどく緩慢な動きに、水野はぐっと奥歯を噛みしめる。

普段はしない体位であるがゆえに、瀬名も困惑しているのかと思いきや、視線を上げた先に見えた瀬名の表情は楽しげに口角が上がっていた。ようやくわざと焦らされているのだと悟り、水野は不服げに眉を寄せる。

「おい。焦らすな」

「――っは、もうちょい耐えろよおっさん」

「……いつもそのおっさんに鳴かされてるのは誰だ?」

薄っすらと汗すらかきながらもなお、瀬名は余裕がない自分を取り繕《つくろ》おうとする。こめかみから垂れている一筋の汗を指先で拭ってやってから、水野は瀬名の腰を掴み、一息に根元まで突き挿れる。

「～～ッ‼」

がくんと背を撓《しな》らせ、声もなく瀬名は身を震わせる。よく声を出さなかったものだと感心したのも束の間、ぎし、ぎしと古びた椅子が、二人分の体重に大きく非難の声を上げた。

「――っ、お、っ、まえ……っ！」

「悪ぃ。つい」

「『つい』じゃねえっ、――ッ、ぁ、……っ、く」

そのまま説教でも始まりそうな口調に苦笑しながら、唇で瀬名の文句を封じる。「んんっ」と上げられた苦しげな声に謝罪を内心で繰り返しながら、今しがたまで指で苛めていた前立腺を、硬く張り出した亀頭で抉る。

「――ん、ッ、んん……っ！」

くぐもった声を口移しにされ、熱い呼気が水野の口内に満ちる。互いに骨の髄《ずい》まで貪りたいと言わんばかりに舌を絡め合っていれば、瀬名も自ら快感を求め、貪欲に腰を揺らし始める。

「っ、ぁ、――ぁ、あ、」

「……ッ、」

高く散る瀬名の声をじっくりと鼓膜で味わいつつ、すっかり勃ち上がっている瀬名のペニスに触れれば、逃げるように瀬名の腰が引く。後ろからも前からも与えられる容赦のない快楽に、くしゃりと瀬名は顔を歪めながら首を小さく横に振る。

「ぅ、ぁっ、や、それ……っ」

「……嫌？　どこがだ？」

「──ッ、ぁあっ！」

口や仕種とは裏腹に、ぐずぐずに蕩《とろ》けきった瀬名の内壁は、搾《しぼ》り取るような動きで水野の性器を締めつけている。奥へ奥へと誘いこんでいるかのような蠕動《ぜんどう》に抗えず、水野はぐっと奥歯を噛みしめながら、瀬名の最奥《さいおう》に、猛りきった性器を突き挿れる。

「ぁ、──っ、──ッ!!」

咽喉から音にならない嬌声《きょうせい》を上げ、瀬名が達する。一際強い締めつけに抗うことなく、水野もまたコンドーム越しに瀬名の内側で精を放った。

「……は、……っ、ぅ」

「──大丈夫か？」

「る、っせ……」

慣れない体位に疲れたのか、ぐったりと体重を預けてくる瀬名の背中を撫でてから、水野はゆるゆると後ろから自分の性器を引き抜く。その刺激にさえ感じるのか、途切れ途切れに漏らされる瀬名のあえかな声を聞きつつ、手早く自分の処理を済ませ、しどけなく垂れ下がった瀬名のペニスに手を伸ばす。

「……は？」

「じっとしてろ」

きょとんと向けられた視線には知らぬ存ぜぬを貫き通し、瀬名のペニスからコンドームを外し、口を縛る。まさか事後処理までされるとは思わなかったのか、恥ずかしがることすらも忘れ固まっている瀬名を良いことに、水野はテーブルの上のティッシュを適当に抜き取り、白濁がこびりついた瀬名のペニスを優しく拭い、床に脱ぎ捨てられていた下着を拾った。

「──なに、明日雨？」

珍しく甲斐甲斐しく動く自分に、からかい混じりに瀬名が言う。明日の天気は降水確率ゼロパーセントの晴天である。きっと瀬名もそのことを知っているからこそ口にしたのだろう。らしくないことをしている自覚は、水野にもあった。

「今日は家族サービスの日だからな」

瀬名を真似て軽い語調で応えれば、瀬名がびくりと身を強張らせて押し黙る。今しがたまで漂っていた柔らかい空気がひやりと凍り、水野は瀬名に下着を穿かせてから、「どうした？」と静かに首を傾げる。

「──前から気になっていた。俺は、おまえと葵を喜ばせたくてここに来たんだ」

「……いや、」

悪い、と。ぽつりと零された小さな謝罪を拭い去るために、額へキスを降らせてやれば、くすぐったげに瀬名は肩を揺らした。

「皮肉なモンだよな」

「……なにがだ？」

「親父が倒れたってのに、手前ェが『家族サービス』されるとか」

「――どういうことだ？」

初めて耳にする不穏《ふおん》な報告に、水野は思わず睨みつけるような視線で瀬名を見つめた。

瀬名は居心地が悪いと言いたげに眼を逸らし、ゆっくりと水野の膝から降りる。

「大したことじゃねえよ。もともとそこまで丈夫な人じゃねえし」

「なおさら大したことだろう。それは」

いったいいつから知っていたのか――と思案し、ようやく水野は、ここ一か月ほどおかしかった瀬名の事情を察する。眉間に皺を寄せて黙りこむ水野の無言の叱責に耐え兼ねたのか、瀬名はそのまま葵が眠る和室に戻ろうとした。しかし、水野は立ち去ろうとする瀬名の手首を掴んだ。

「瀬名」

「……なんだよ」

言うべきか、言うまいか。一瞬の逡巡《しゅんじゅん》ののち、水野はあえて厳しい言葉を選んだ。

――水野博志《ひろし》は、人の命の儚《はかな》さを知っている。

「取り返しのつかないことになる前に会いに行け。脅しをかけたいわけじゃないが、人は簡単に死ぬぞ」

「……分かってるよ‼」

それは、悲鳴にも似た声だった。

「――分かってる。分かってる、けど……そんな簡単なモンじゃねえんだよ……っ」

押し殺すように言い、瀬名は水野の手を振り払う。引き留める間もなくぴしゃりと閉ざされた障子をしばらく見つめてから、水野は天井《てんじょう》を仰ぐ。

水野は無言でテーブルに残された瀬名の煙草へと手を伸ばし、紫煙を目一杯に肺へと取りこんでから、思いもよらないところから降りかかってきた重い事実に、深く息と煙を吐き出した。

3

「——おまえさあ、そろそろ師長の堪忍袋《かんにんぶくろ》の緒が切れんぜ？」

「やかましい」

上から降ってきた声の煩わしさに、思わず水野の声にも棘が生える。水野のすげない態度など意にも介さず、吉澤はベンチに座っている水野の隣へ腰を下ろし、無糖と書かれたコーヒーの缶のプルトップを引いた。

中庭は、散歩やリハビリに勤しむ入院患者に溢れている。ボール遊びをする子どもたちから「よしざわせんせー！」と名前を呼ばれ、隣の男は外向けの笑顔で手を振り返していた。院内でよく見られる穏やかな光景ではあるが、水野の眉間の皺は深く刻まれたまま、薄くなる兆しは欠片もない。水野の様子に、吉澤は深く嘆息する。

「浮かれてたと思えばいきなり不機嫌になりやがって。ちょっとは温度差調節しろよ」

「態度に出していたつもりはない」

「おまえにそのつもりはなくても出てんだよ。喧嘩したんならとっとと謝って仲直りしろっての」

「できるものならとっくにしている」

あまりに正論が過ぎる吉澤の指摘に、水野は苦虫を噛みながら、手元のコーヒーの缶を呷《あお》った。旅行から帰ってきてから二週間が過ぎようとしていたが、ここ最近はオペや医学部生に対する実習が立てこんでいた。時間に追われている水野のスケジュールを、吉澤もまた把握しているのだろう。心地好い風の合間を縫って、吉澤が「でもなあ」と小さくぼやく。

「おまえ、こっから難しいオペ続くだろ。大事な時に手前のチームの空気、手前で悪くすんなよな」

「難しくないオペが俺に回ってくるものか」

「言うねえ」

呆れたように呟く吉澤に、水野も次に担当する患者のことを思い出す。次に水野が執刀《しっとう》医《い》を務める患者は、地方の総合病院で心臓カテーテル検査を行ったところ、血栓が多くバイパスをかけなければならず、転院を余儀《よぎ》なくされた男性だった。水野の病院は大胸開手術を行わず、小切開《しょうせっかい》でバイパス手術が受けられるため、身体的負担が軽減されることを見越した冠動脈疾患《かんどうみゃくしっかん》の患者が数多く運ばれてくる。

「次、三本バイパスかけんだろ?」と、いったいどこから聞き及んだのか、吉澤が重ねて苦言を口にする。

「オペ中に集中切れたら笑えねえからな」

「馬鹿を言うな。オペ中にオペ以外のことを考えるわけがないだろう」

「じゃあなんで医局でもそんなイラついてんだよ。まだ医局だからともかく、そのうち患者からもクレーム出んぞ」

ただでさえ無愛想《ぶあいそう》な水野は、執刀後の経過観察中に、「担当医が無愛想だ」という苦情を寄せられることがままある。そのたびに師長が頭を下げて回っていることを知っている手前、水野も強く言い返すことができない。

ぐうの音も出せずに押し黙る水野に、吉澤は不意にからりと笑う。いかにも小児科医らしい、人好きするその笑顔をなんとはなしに横目で眺めていれば、軽く肩を叩かれる。

「どうせおまえが悪いんだろ？　いい歳して意地張ってんなって。おまえんとこの師長怖ぇんだからさあ」

「……なんだ。頼まれたのか？」

「ホント勘弁してくれよ。俺だってそれなりに忙しいってのに」

「それは悪かったな」

「そうそう。そんな感じで」

さらりと謝罪を口にした水野を指差し、吉澤はにやりと笑みを深める。その得意げな様子がなんとも不愉快で、水野は目の前の人差し指を無言でぴしゃりと叩き落とした。

「おまえ、ぶっきらぼうで無愛想だけど謝れない奴じゃねーじゃん」

叩き落とされた手をひらひらと振り、吉澤が続ける。

「揉めごと長引かせんのだって性分じゃねえクセに。なんでそんなんなってんだよ」

「――そうだな」

さすがは同期というべきか、吉澤の指摘は正鵠《せいこく》を得ていた。水野は面倒ごとが嫌いだ。なにも好き好んで長引かせたいわけではない。

だが。

「――だが……今回ばかりは、俺も譲歩してやるつもりはない」

憮然《ぶぜん》と言い、水野は立ち上がる。ベンチの脇に備えつけられているゴミ箱に空き缶を放りこめば、背後から「マジかよ～～」と、げんなりした吉澤の声が追いかけてきた。まだしばらく水野の様子がこのままだということを察したのだろう。水野と外科の師長に板挟みにされ、否応なしに巻きこまれてしまう吉澤の立場に同情しないわけではなかったが、今回の喧嘩――と呼べるものなのかも解らなかったが――において、水野は一歩も退く気はなかった。

瀬名に、実家と連絡を取った様子はなかった。喧嘩というよりも、旅行から帰るや否や半ば〝冷戦状態〟へ突入した水野と瀬名に、葵もずっと沈んだ顔をしている。水野とて葵にそんな顔をさせるのは不本意だったが、瀬名を問い質すほど、耳に入ってくる彼の父親の状況はあまりに医者としては捨て置けず、水野の口調にも自然に棘が生えてしまっていた。

いわく、瀬名は今もかろうじて交友が残っている高校の同級生からそのことを聞いたという。勘当されているとは以前に耳にしていたが、まさか本当に電話番号のひとつも実家に知らせていないのかとまず水野は愕然《がくぜん》とした。

当然、五年以上も音信不通だった両親に突然連絡を取れと言われて、戸惑う瀬名の気持ちも理解できる。だが、この歳になって高校の同級生を経由して両親の話が耳に入ること自体がまず稀《まれ》だ。「大したことじゃない」「もともと丈夫な人じゃなかった」と繰り返している瀬名自身も事の大きさを解ってはいるはずだった。

（……怖いんだろうな）

医局に戻る廊下を歩きつつ、水野は内心で独りごちる。粗野な言動に隠されてはいるが、実のところ瀬名はいたく臆病だ。おそらく、一度完膚《かんぷ》なきまでに壊れた〝親子〟の絆に、再び関わっていくことが怖いのだろう。水野の両親はすでに他界しているため、わが身に置き換えて考えることこそできなかったけれど、葵と築いた関係が壊れてしまったら――と考えれば、その気持ちは痛いほど理解できた。

水野は今まで、壊れていった他人との関係を自ら修復しようとしたことがなかった。家族、友人問わず、水野の周囲にいた人たちは、水野が気づかないうちに水野の傍からいなくなっていた。残っている物好きと言えば吉澤くらいのものだろう。だが今は、瀬名と葵の二人の〝家族〟だけは、絶対に手離すことのできない存在だと声を大にして主張することができる。水野をそういう人間に変化させたのは、他でもない瀬名だった。

医局のデスクに腰を下ろし、水野はそっと溜め息を吐く。おそらく瀬名にとっての両親も、かつては絶対に手離すことのできない存在だったのだろうと思う。そうでなければ、今、自分が〝家族〟を〝失いたくないもの〟だと思えるようになるはずがなかった。

だからこそ――本当に取り返しがつかなくなってしまう前に、顔だけでも合わせてほしい、と。

そう考えてしまう自分が間違っているとは、どうしても思えなかったのだ。

「――どうしたらいいんだ……」

「なにがですか？」

まさか返事があるとは微塵も思わず、大仰《おおぎょう》に水野の肩が跳ねる。振り向いた先では、絶対零度の眼をした師長が水野にファイルを差し出していた。

「明後日転院される患者さんのカルテです」

「……ああ。ありがとう」

どことなくピリピリとした気配の彼女からカルテのファイルを受け取れば、周囲の人間もまたどこか怯えたような目でこちらの様子を窺っていることに気づく。『そろそろ師長の堪忍袋の緒が切れる』という吉澤の指摘があながち間違っていなかったことを実感しつつ、水野は神妙な面持ちで渡されたカルテへ視線を落とした。

冠動脈疾患患者の小切開バイパス手術。これまで何度となくこなしてきたオペの手順を思い浮かべながら病歴に目を通した後で、水野は患者の名前を見た。

オペの執刀医にとっては、患者の名前よりも、病巣の状態や疾患の度合いを確かめることのほうが重要である。長年の癖で、目は自然に名前よりも病状の記述を先に追ってしまっていたが、その苗字が視界に入るや、水野の眉間の皺が深まった。

「——水野先生?」

「いや。なんでもない」

すぐに水野の様子に気づき、師長が声をかけてきたものの、まさか馬鹿正直に答えるわけにもいかず、水野は無愛想に首を振る。師長は大きく嘆息した後にやがて去ったが、水野はしばらく手元のカルテの患者の名前を見つめ続けていた。


救命の頃のような突然の呼び出しこそなくなったものの、当然スケジュールが立てこめば帰宅の時間は遅くなる。二十二時を過ぎての帰宅も連日となり、旅行から帰ってきてからというもの、しばらく葵とまともに顔を合わせることすらできていなかった。

玄関のドアを開ければ、廊下の明かりは今日も変わらず点けっぱなしになっていた。遅くに帰宅した時に暗い家に出迎えられたのでは、ますます疲れも増すだろうという瀬名の配慮だった。同居して以来続けられているこの習慣は、気まずい冷戦期間中でも変わりはない。律儀な奴だ、と、革靴を脱ぎながら、水野はかすかに苦笑した。

リビングに続くドアを開けば、意外なことに、瀬名が頬杖をつきながらテレビを眺めていた。てっきり葵に付き添って和室にいるものだと思っていた水野は、ドアノブに手をかけた状態で固まった。

「……ただいま」

「おかえり」

そっけない応えと共に振り返った瀬名の眼は、久しぶりに真っ直ぐに水野の両の眼を捉えていた。折れない水野に業を煮やし、ここ数日は逸らされてばかりだった瀬名の視線が久々に噛み合ったせいで、ただでさえ下手な口火の切りかたを見失う。

「──葵が」

「……うん？」

「や、……葵に怒られて。つーか泣かれて」

「──おまえがか？」

「俺以外のだれがいんだよ」

気まずげに告げられ、わざわざリビングで水野の帰宅を待っていた理由を察する。葵は聡い。旅行先で勃発させてしまったすれ違いから二週間も経過すれば、いい加減心配よりも苛立ちの感情が増してくることだろうと思う。

「ストレスにさせてしまったか」

「そう。……俺もさすがに反省して」

「それで待っていたのか」

頷く瀬名の正面の椅子を引き、テーブルを挟んで向かい合う。水野はテレビのリモコンへと手を伸ばし、名前も知らないタレントの笑い声を消し去った。

「瀬名」

「……なに」

「おまえに訊きたいことがある」

「なんだよ。……改まったって、そんな簡単に連絡取れたら俺だってこんなんなってねえんだ」

「分かっている。勘当されて、戸籍も抜かれたと言っていたな。だが——それを踏まえてでも、ひとつ確かめさせてほしい」

神妙に言い募れば、瀬名もぎこちなく首肯を返した。水野はしっかりと瀬名の眼を見つめ、やがてゆっくりと唇をひらく。

「おまえの父親の名前は、瀬名祥《しょう》太《た》郎《ろう》か？」

「——は、っ？」

どこか怯えたように細められていた瀬名の眼が、途端に大きく見開かれる。言葉よりも雄弁な返答に、水野は「……守秘義務を破ったのは初めてだ」と小さく呟く。

「だが、年齢も相応で……倒れた時期が先月と来れば、確かめずにはいられなかった」

「――なんで知ってんだ」

「次に俺が執刀するオペの患者だ」

あえて〝医者〟を思わせる硬質な声で応じれば、瀬名の顔色が蒼白《そうはく》に変わった。最悪の想像をしていると直ぐに判り、水野は首を横に振る。

「そう蒼くなるな。――成功率の高いオペだ。医者として『絶対に助ける』とは言えないが、最善は尽くす。必ずだ」

水野はそこで一度言葉を切り、瀬名を見つめる。

「――だが、今回は助けられたとしても、次もそうとは限らない。俺は何度も、人が死ぬところを見てきたんだ」

この二週間で何度となく言い聞かせてきたことではあったが、これまでと今では言葉の重さがまったく異なっているのだろう。相槌すら打てないまま、瀬名は無言で視線を伏せる。水野も、あえてフォローは入れずに言葉を継ぐ。

「転院日は明後日……六月四日だ。オペは六日に行う。――絶対に会えとはもう言わない。だが、後悔だけはするなよ」

視線こそ上げられないままだったが、数秒が経ったのち、かすかに瀬名は頷いた。いつになく神妙な様子に胸が痛んだが、上手い慰めの言葉が水野の唇から出てくるはずもなく、水野は右手で軽く瀬名の頭を撫でてから、寝室の扉を開けた。

ぎしりとベッドに腰かけ、天井を仰ぐ。首元までぴったりと閉じられたままのワイシャツのボタンを外しながら、相変わらず厳しい物言いしかできない自分を悔いていれば、キィ、とかすかな音と共に寝室の扉が開いた。

「おとうさん」

「……葵？」

ひょこりと顔を出した葵に眼を丸くし、壁の時計を確かめる。二十二時半を指している時計の針に、「悪い夢でも見たか？」と問いかければ、ひょこひょことこちらに歩いて来ながら「おしっこ」と寝ぼけ眼《まなこ》の答えがあった。

「そうか。ちゃんと起きられてえらいぞ」

「うん」

「トイレ行こうか」

「はるくんと行ったよ」

伸ばされた両腕を取り、無言でねだられるままに膝へと乗せてやる。未だ身に纏ったままのスーツの布地は抱かれ心地が良いとは思えなかったが、葵は甘えるように水野の胸元へと柔らかな頬を擦りつけている。

「お父さん……はるくん泣きそう」

「――そうか」

弱々しい葵の声が、さらに水野の罪悪感に拍車をかける。ぎゅっとスーツを握りしめている葵の手を上から握りしめながら、小さな身体を抱き直し、今にも泣き出してしまいそうな葵の両眼をじっと見つめる。

「葵。お父さんと春樹は、喧嘩をしているわけじゃないんだ」

「……そうなの？」

「ああ」

頭を撫でてやりながら、水野は精一杯優しく微笑みかける。

「――春樹のお父さんが、今、悪い病気なんだ。葵にとっては、おじいちゃんみたいな人だな。それで、春樹もお父さんもすごく落ちこんでる」

「えっ」

葵に伝えるべきことではないと、瀬名は教えていなかったのだろう。全身で驚きを表現する葵の背をゆっくりと撫でてやりながら、水野は「大丈夫だ」と微笑を深める。

「お父さんが治してあげられる病気だ」

「ほんと？」

「本当だ」

「ほんとのほんとに？」

「本当の本当だ。お父さんはすごいお医者さんだからな。葵も知ってるだろう？」

そのために犠牲にしてきた葵との時間を思えば後ろめたさが湧いてきたけれど、「うん」と力強く頷く葵の様子に、自分がスペシャリストと呼ばれるたぐいの外科医でよかったと、水野もまたひとつ頷く。

絶対に助けると言い切ることはもちろんできない。——それでも、愛する人の〝家族〟を護るために戦うことができる人間は少ない。自分がその数少ない人間のうちのひとりでいられることを、改めて水野は誇りに思った。

「春樹のお父さんが良くなるように、お父さんは一生懸命頑張ってくる。——だから、お父さんが春樹と一緒にいてやれない時は、葵が春樹を元気にしてあげてくれないか？」

静かに頼みこめば、葵は涙で潤んでいた眼をごしごしと両手で擦《こす》り、「わかった！」と胸を張る。

「はるくんと、おじいちゃんが元気になるように、がんばる！」

「……ああ。ありがとう」

無垢で真っ直ぐな言葉と笑顔は、それだけで沈む心に光をくれる。葵がいてくれてよかった、と、小さな身体を抱きしめながら、水野はこみ上がってきた涙を堪えた。

◆

六月四日は、平年よりも五日ほど早い梅雨《つゆ》入りの日となった。朝からしとしとと降り続ける雨に、院内の空気もどこかどんよりとくすんでいた。

地方の総合病院から転院してきた瀬名の父親は、いかにも気難しげな顔をした無口な男だった。持病に狭心症を持ち、三年前にも一度心筋梗塞《しんきんこうそく》で搬送《はんそう》されたことがあるからか、どこか死に対して達観したような目をしていた。年配の患者によく見られる、良くない目の色だった。

水野が担当医を務めている患者は、当然ながら瀬名の父親ひとりではない。医者として担当している患者に差をつけてはいけないと理解こそしていたが、やはり無意識のうちに態度に表れていたのか、医局の人間から「新しい患者さんに気になるところでも？」と訊かれるたび、水野は自分の未熟さにかすかな溜息を繰り返していた。

瀬名が病院へと顔を出しに来たのは、オペの前日となる六月五日の夜だった。面会時間終了目前の十九時にナースステーションから聞こえてきた「おじいちゃんに会いに来たの！」という聞き慣れた声に、水野は小走りで葵のもとへ足を運んだ。

「——瀬名」

「……おう」

「お父さん！」

ぱっと華やいた葵が両手を伸ばしてきたけれど、まさかナースステーションの前で抱っこをしてやるわけにもいかず、水野は頭を撫でてやるに留めた。瀬名は気まずげに水野から視線を逸らし、「……親父は」と小さな声で問う。

「悪い。こんな時間に」

「面会時間内だ。問題ない」

水野は瀬名を目線で促す。瀬名も腹を括《くく》っているのか、緊張に身を強張らせながらも足を止めたりはしなかった。

「夕食の時間のすぐ後だから、病室にいるはずだ。おまえの母親も昨日から付きっきりだ。おそらく、まだ病室にいるだろう」

「……素子《もとこ》、っていう」

「ん？」

「瀬名素子。母親の名前」

ぽつり、ぽつりと、たどたどしい声で瀬名が言う。

「おまえ、たぶん、親父の名前しか知らねえだろうから」

「……そうだな。その通りだ」

瀬名の父親のカルテには、当然彼の名前しか書かれていない。顔こそ把握していたが、告げられなければ一生知り得なかったかもしれない名前を脳裏で反芻していれば、不意にくいと白衣の裾を引かれる。

「あたしが会いたいって言ったの！」

見下ろせば、得意げに胸を張る葵の笑顔があった。

「おじいちゃんとおばあちゃんに会いたいって！」

「そうか」

ありがとう、と頭を撫でれば、隣で瀬名が苦笑を漏らす。人気がない真っ白な廊下が苦笑の切なさを際立たせるようで、水野は黙って瀬名の背中を一度叩いた。

昨日から何度となく訪れている病室の前で立ち止まり、瀬名を見る。瀬名も〝瀬名祥太郎様〟と書かれている個室の名札をしばらくじっと見つめたのち、やがて意を決したようにコンコンとドアをノックした。

はぁい、と、すぐに内側から声がする。びくりと瀬名は肩を跳ねさせ、そしてきつく両の手を握った。

「回診かしら――……っ、」

「――」

ドアを開けたのは、やはり瀬名の母親だった。言葉もなく項垂れる瀬名を見て、彼女は瀬名を無言で凝視し、やがて隣の水野へ視線を向けた。

「……先生、これは」

「突然申し訳ありません」

深く、水野は頭を下げる。場を取り巻く重苦しい沈黙を裂いたのは、「おばあちゃん？」という、あまりにこの場にそぐわない葵の明るい声だった。

「――えっ？」

「素子。誰だ？」

病室の奥から低く響いた声に、再び瀬名の肩が跳ねる。怯えたように半歩下がった瀬名に、水野の胸がかすかに軋む。

母親は、少しの逡巡ののちに、小柄な身体をドアの前からずらす。病室のベッドに身体を横たえている父親の視線が、真っ直ぐに瀬名の姿を捉えた。

「――おまえ……」

「……お、親父が、――手術だって、聞いて」

「今さらどのツラを下げてきた‼」

「っ、お父さん！」

激昂《げっこう》した父親の声が、静まり返った廊下に反響した。瀬名の服の裾を握る葵の手も、縋るようにその力を増す。

瀬名を一喝《いっかつ》した声が届いたのだろう。ナースステーションの方角から、慌てたような人の足音が近づいてくる。それきりなにも言えなくなっている瀬名を庇うように前に立てば、ベッドから半身を起こした父親の視線が水野を射抜いた。

「先生。これはどういうことだ」

「——御子息《ごしそく》が、明日のオペを心配して様子を見に来られたんです」

「心配？　馬鹿を言え。こいつが今さら俺の心配なんかするはずがない」

「ちょっとお父さん！」

「帰れ‼　この親不孝もんが！」

再び轟《とどろ》いた怒りの声に、ついに瀬名がくしゃりと顔を歪める。深く傷ついていることがありありと解る表情に、反射的に水野は唇を開きかけたが、それよりも先に響いたのは「はるくんいじめないで！」という甲高い葵の叫び声だった。

「はるくん、おじいちゃんのこと心配して泣いてたのに！　おじいちゃん元気になりますようにってあたしといっぱいお祈りしたのに‼」

「……は？」

「——帰る‼」

今にも泣きそうな眼で叫び、葵はぐいぐいと瀬名の腕を引き、病室から出て行った。入れ替わるように病室へとやってきた師長は怒りを顕わに水野を見るや「患者を興奮させてどうするんですか！」と一喝し、病室の中へと入っていく。

ぴしゃりと師長がドアを閉める。その場に取り残された水野は、しばらく閉ざされた白いドアを黙って見つめ続けていたが、一分も経たないうちに、再びゆっくりとドアが開いた。

中から現れたのは師長ではなく、かすかに顔を強張らせた瀬名の母親だった。思わず背筋を伸ばした水野を一瞥《いちべつ》し、彼女は戸惑ったように視線を彷徨《さまよ》わせてから、か細い声で「お時間は、ありますか？」と水野に問うた。

水野は神妙に頷いたのち、廊下の途中に備えつけられている簡易《かんい》な応接スペースに瀬名の母親を連れていく。向かい合って座ってもなお、しばらく互いに口火を切ることができずに視線を床に伏せていた。

「……息子と先生は、お知り合いでいらしたんですか？」

「——はい」

ひどく静かな問いかけだった。水野は首肯したのちに頭を下げる。

「患者さんを——祥太郎さんを、興奮させることになり、誠に申し訳ございません」

「……ええ、そうね」

彼女はかすかに苦笑する。

「春樹が家を出てから、五年になるかしら。突然だったから、私も気持ちの整理が追いつかなくて」

窓の外は夜の闇に沈んでいる。彼女は口元に苦笑を浮かべたまま、夜景もない暗いばかりの窓を眺めて言葉に迷っているようだった。

「……春樹のことも、一緒にいた女の子のことも、色々訊きたいことがたくさんあるんですけど……今は、明日のことでいっぱいいっぱいなの」

「はい」

「でも――そうね。顔が見れただけでも、良かったかもしれないわね……」

そう小さく呟かれた声には、深い感傷がこめられていた。水野は咄嗟に白衣の胸ポケットからボールペンとメモを取り出し、自分の電話番号を書く。

「……私の、連絡先です」

「――えっ？」

「もし、息子さんとお話をされたくなったら、ご連絡いただければお繋ぎします。もちろん、お気持ちの整理がついてからで構いません。……受け取っていただけないでしょうか」

メモを差し出す手が僅かに震えた。彼女はしばらく差し出されたメモと、そこに書かれた水野の電話番号を見つめてから、やがておずおずとメモを受け取り、そのまま無言で病室へと戻っていった。

　水野の鼓膜にさえ、帰れ、と恫喝《どうかつ》した瀬名の父親の声はしばらくこびりついて離れなかった。どういうことですか、と詰問《きつもん》してくる師長の非難をなんとかかわし、明日の朝から始まるオペのカンファレンスを終え、ほうほうの体で帰宅すれば、家の中はしんと静まり返っていた。

　玄関の明かりこそいつものように点けられてはいたが、リビングにも瀬名の姿は見えない。夕食は済ませて帰ると連絡していたため過度な期待はしていなかったが、やはり様子は気になっていた。今日のうちに顔くらいは合わせておきたかったと思いつつ、葵と瀬名を起こさないよう、水野は静かに風呂を済ませる。時刻は、日付を跨《また》ぎかけていた。

　物音を立てないよう、忍び足で自室に戻れば、風呂に向かう前に閉めたはずの自室のドアが、ほんの僅かに開いていた。不思議に思いつつドアを引けば、ベッドの毛布が盛り上がっており、水野はそこでドアが開いていた理由を察した。

　部屋に明かりはついていない。ベッドの脇から枕を見下ろせば、暗がりの中にも瀬名の黒髪が見えた。ゆっくりと上下している毛布を見るに、すっかり寝入っているのだろう。帰宅した気配を察して話をするつもりで来たのか、あるいは寝床を借りたかっただけかは判別をつけることができなかったけれど、水野に瀬名を追い出すつもりは毛頭ない。セミダブルのベッドに男二人で入るのは些《いささ》か狭くもあったけれど、当直の時に用いる仮眠室のベッドと比べれば、広さも柔らかさも充分だった。なにより、疲れた身体には人の体温がよく沁みる。それを教えてくれた者もまた、隣で眠る瀬名だった。

起こさないようにもぐりこんだつもりではあったが、瀬名はもぞもぞと身じろぎをしてから、薄くその目蓋をひらく。ぼんやりとした視線が水野を捉えたのち、ゆっくりと動いた唇が聞き取れない声をかすかに漏らす。おそらく「おかえり」と言ったのだろう。水野も小声で「ただいま」と返し、胸元に瀬名の頭を引き寄せる。

「……眠れなかったか？」

「──ちょっと、だけ」

「そうか」

声が途切れ途切れになっている理由は、おそらく眠気だけが原因ではない。ぐずる葵をなだめる時の動きを思い出しながら、指通りの良い黒髪を撫でていれば、やがて小さく瀬名は洟《はな》を啜《すす》った。

「……確かにさあ、都合良すぎんだよな」

「ん？」

「勘当たって、自分から家飛び出したようなもんだろ。五年も音信不通で、ろくな親孝行もしねえで、そんで倒れたからのこのこ顔見せに、って……そりゃ俺でもキレるわ」

「瀬名」

「俺が悪いんだよ、全部。解ってる。男しか好きになれねえ自分を、イマサラどうこう思ったりはしねえけど……それでも、あの人たちを悲しませたくてゲイになった訳じゃないんだ」

「分かっている」

「――それに、さ。俺、今、ちゃんと幸せなんだよな」

自嘲が混じった震える声で、たどたどしく瀬名は言葉を紡ぐ。水野は、ただ黙って瀬名の髪を撫で続ける。

「おまえがいて、葵がいて、すげえ幸せなのに……あの人たちに、『幸せです』って言えねえんだよ。そんなん、初めて男を好きになった時から分かってたはずだったのに」

でも、と。

そう続ける声が、哀しく揺れる。

「解ってても――正面から拒否されると、けっこう、キツいな、って」

「……ああ。そうだな」

弱々しく服を掴んでくる手をさすってから、顔を上げさせる。こぼれてこそいなかったものの、瞳いっぱいに溜めこまれた涙が水野の胸を締めつける。

「傷つけたな」

「おまえは悪くねえ」

「そうかもしれない。……だが、おまえも悪くない。分かり合えないことは、決して悪いことではない」

「っ、」

くしゃりと歪められた顔にキスを降らせれば、怯えたように瀬名が後ずさる。最近はこんな顔をさせてばかりだと不甲斐ない思いを味わいつつ、水野は「春樹」と瀬名の名前を呼び直す。

「――俺は、取り返しがつかなくなる前に、おまえとおまえの両親を会わせたかった。これは、きっと、俺のエゴだ」

「――んなこと、」

「ある」と、水野は瀬名の反論を遮《さえぎ》る。

涙を堪えているせいでいつもより火照っている頬を両手で包《くる》み、水野は瀬名の瞳の深くを覗きこむ。

「……だから、俺のエゴのせいでおまえが傷ついたというのなら、それを癒《いや》してやるのも俺の役目だ」

そう告げれば、瀬名は呆気に取られたように軽く眼を瞠る。そこまで甲斐性のない男に思われていたのかと水野は薄く苦笑を浮かべながら、「優しくする」とそれだけを告げ、唇を奪う。

瀬名からの返答はなかったけれど、優しくされたい気分なのは確かだろう。それが伝わってきただけで上々だった。瀬名の考えていることを正しく受け取るには、時に驚くほどの労力が掛かる。だが、いつだって素直になることが苦手な目の前の男が、水野には愛しく思えて仕方がない。

「……ッ、ふ、ぅ」

鼻にかかった吐息が苦しさを伝えてくるあたりで離し、二、三度呼吸をさせてから、もう一度その口内を味わう。泣きかけているからか、いつもより呼吸が苦しげになるのが早い。至近距離から盗み見た瀬名の表情はやはり哀しげに歪められており、水野の『優しくしたい』という欲求を煽る。

「っ、は、……ッ、」

「苦しくないか」

「ん、ん」

問えば、服にしがみつく手の力が増した。正直に頷く首の動きに、いつもこれだけ素直であればと思いながら、服の下へと手をしのばせる。

「……ゃ、あ」

不意に素肌《すはだ》へと触れた手の感触に恥じらったのか、瀬名はぐずる子どものように顔を背けた。さらりと流れた髪の隙間から覗く耳に視線が奪われ、形のいいふちを食《は》む。瀬名は耳が弱い。ささやかな悲鳴とともに、その身体がびくりと跳ねる。

「ん、——ッ、ん」

「春樹」

「……ひ、っ」

セックスにも似たやりかたでそこに舌を差しこめば、ぎゅっと身を竦ませてびくびくと瀬名の身体がわななく。じっとりと濡れた耳から唇を滑らせ、その裏を強く吸いあげる。ぱっと綺麗についた鬱血痕《うっけつこん》を愛でるように、執拗《しつよう》に何度も軽く吸えば、じれったい刺激がもどかしいのか、ふるふると瀬名は首を振る。

「う、……っ、く、」

「泣いていい。そのために抱くんだ」

「——ふ、」

思っていることをそのまま伝えれば、ようやく瀬名の目尻からぼろりと涙が溢れ出る。泣かせてやれたことに安堵しつつ、水野はゆっくりと瀬名の肌を撫でてから、スウェットの下に手をかける。

不安定な感情に性感を上積みされているからか、いつもより反応が早かった。耳と同じように腿《もも》の内側へ赤い痕を幾つか刻み、ゆるく勃ち始めているペニスを口内へと招き入れれば、すすり泣きのような声を上げて身体を強張らせた瀬名の手が、耐えるようにシーツを握る。

「ぁ、……っ、ッ」

根元から裏筋にかけて両手で丁寧に刺激しながら、舌で先端をしつこくなぶる。割れ目に舌を当てながら軽く吸い、尿道口へと舌先を立てる。ぐりりと抉るようにして与えられた強い刺激に、ひときわ高く瀬名の声が上がる。普段ならとても聞けない、甘えたような声だった。

「――ァ、あ、っ、ゃ、……ッ！」

幹を擦っていた手を袋にずらし、柔らかく揉んでやりながらペニス全体を口に含む。瀬名のペニス以上に熱い水野の口内が気持ちいいのか、高く鳴く瀬名の声に濃い涙の色が混ざる。

「ふ、……ぅ、っ」

人形のように背を反らし、身悶える瀬名の表情は見えない。……見えないけれど、おそらくぼろぼろと泣きながら真っ赤な眼で自分を求めているのかと思うと、水野の腰にも重い熱が溜まる。

「ぁ、あ、あ！」

先走りと唾液が絡まりあってとろとろと後唇に流れていく。尿道口と同じように、はくはくと開閉しているそこへ指を宛がい、入り口をくりくりと引っ掻く。かく、かくと腰を揺らめかせながらひっきりなしに鳴く瀬名が、なにやら「いやだ」と言葉にならない言葉で訴えかけてきているのがわかる。

「ゃ……ッ、や、ぁ、あ！」

暴れることすらままならない両手がシーツの上を這《は》っている。声色に混ざった怯えの色に、水野はそっと口を離し、どろどろに蕩けきった瀬名の眼と柔らかく視線を合わせてやる。

「どうした？」

「――ッ、」

瀬名はびくりと身を震わせ、おそるおそる水野を見る。言うか言うまいか迷っている筈えを促すように、「春樹」と名前を囁けば、瀬名はふいと視線を逸らし、耐えるように一度唇を結んだ。

「いきたい……っ」

「ああ。いい子だな」

「――ば、ッ、かやろ、」

ぽろりとこぼれた素直な欲求をからかえば、くしゃっと瀬名の表情が歪む。セックスという行為に勝ち負けなどないにも拘わらず、水野に何かをねだること自体をまるで負けだと思っているのか、瀬名はそれを極端に嫌がる。

「ぅ、っ……ぁ、あっ」

ぱんぱんに熱を漲《みなぎ》らせたペニスの先から、とろりと先走りが漏れる。いきたい、離せとうわごとのように繰り返す唇と表情に、水野の視線が奪われる。快感に流され、だらしなく口を半開きにさせながら震える呼吸を繰り返す様子に、内壁を責める水野の指がぐちゅぐちゅとその動きを増した。

「っう、ぁ、……ぁ、も、っ」

これ以上ないほど優しく触れているのに、まるで酷い責め苦に耐えているかのように、ぼろぼろと瀬名は涙を零す。張り詰めた性器と同じように、ぷっくりと腫れている前立腺を指の腹でさすれば、弱々しいすすり泣きの声が途切れなく耳を打ってくる。

「ぁあ、っ、」

ぎゅっと、瀬名に握られた左手が熱い。まるでそこにしか縋るものがないかのように、瀬名は水野の手を離さない。

「あっ、ん、……ぅ、ん、」

「息をしろ」

「ッ、――は、っ、はぁっ」

「……春樹」

「あ、ああッ」

名前を呼んだだけだというのに、亀頭からは精液がこぼれていた。達した余韻に震えているそれを再び苛めてやりたい衝動をこらえながら、ぐりぐりと三本の指で入り口を拡げる。

「ひ、っ、……ぅ、――ぁ、」

引き抜かれる感触すら耐えがたいのか、相変わらず水野の手にしがみつきながら、咽喉を引き攣らせて瀬名が喘ぐ。水野はぐっと後ろから腿を掴んで脚を広げると、そのまま後孔へ熱を宛がう。与えられる快感を予期したのか、うっすらと開かれた瀬名の目蓋から、つ、と、新しく涙が伝った。

「――ぁ、あ、あ、」

奥歯を噛みしめながら、じわじわと瀬名の内壁を暴く。ぐずぐずと絡みついてくる内壁が水野の性器を呑みこもうとするたびに、意識からそのままごっそり瀬名に持っていかれそうになる。

「っ、ひろ、っ、博志……ッ」

「――なんだ?」

「っ、んぁ、あ！」

ぐんと奥まで挿しこんでから、汗ばんだ瀬名のうなじに唇を寄せ、ひとつだけ赤い痕を刻んだ。たったそれだけの刺激にも、瀬名は声もなく咽喉を反らし、びくんと動きを失くしてしまう。水野もまたくっと呼吸を詰めて、緩やかに腰を動かしながら瀬名の熱を高めていく。

「ぁ、あ、——きもちい、っ」

「……なら、もっと気持ちよくしてやる」

「——ふ、っ、……っく、」

瀬名の手を取り、そっと、腫れあがったそこに導いてやる。いやいやをするように首を振る瀬名の唇を奪い、軽く、キスを繰り返す。

「ゃ……、っ、無理、——むり、ぁ、あ！」

無理、と言いつつ、一度触れてしまったら離せないのか、瀬名の手は震えるペニスに添えられたまま動かすこともできずに固まってしまった。止《と》め処《ど》なくぼろぼろと涙を溢れさせながら、瀬名は縋るように水野の名前を呼び続けている。その響きは、いつもよりずっと甘く聞こえた。

「ぁ、——っ！」

手本を見せてやるように瀬名の手を上から包んで、くちゅ、くちゅと上下に擦ってやる。とっくに快感のリミッターを飛ばしていた瀬名は、一度訪れたその刺激を追い求めるように、自らぐちゅりと不器用に、勃ちあがったそれを愛撫する。

「ッ、——っ、ぁ、……ぁ、」

自分で何をしているか解っていないのか、それとも頭が理解を放棄《ほうき》しているのか、自ら緩い刺激を与え続ける様子が水野の理性をじりじりと焼く。前への直接的な刺激に後孔もひどく悦び、水野の性器を奥へ奥へと誘っては、きゅうと切なげに締めつけてくる。

「は、ぁ、……ぁっ、あ！」

「気持ちいいか？」

「ん、……ん、っ」

こくこくと頷きながら、ぎこちない手つきで瀬名が自らを愛撫する。その手が弱いところを掠めるタイミングに合わせて、水野もまたゆっくりとした責め立てかたで瀬名を内側から暴いていく。

「――ぁ、あ、ぁあ！」

浮きあがった筋の一本まで解らせてやるかのようにゆっくりと性器を挿しこみ、ずるずるとカリが引っ掛かるまで引き抜く。緩やかに与えられ続ける刺激に、瀬名の濡れた睫毛《まつげ》がぴくりと揺れる。

「っ、――ぅ、ぁ、……ぁ、あっ、」

どろどろになった手が水野の服を掴み、しがみつく。じゅく、と奥まで性器を挿しこんでから、距離を近づけ、過ぎた快感に震える瀬名の耳元に繰り返しキスを落としていく。

「春樹。……はる」

「……い、く、――ぁ、イく、いかせて、っ」

「分かった」

「ゃ、っあ、ひ、……っ」

自分で達することだって出来るのに、それを水野にやらせようとする。しょうがないと思いつつも、頬が緩むのを止められない。

とうに熟れきった瀬名のペニスを手のひらで包みこみ、火傷しそうなその熱をさらに水音を立てて高めていく。

「ぁ、……っ、ぁ、――ッ！」

びくびくと身体をわななかせながら、待ち焦がれた絶頂に瀬名が声もなく痙攣《けいれん》を起こす。絡みつき、不規則に波打つ内壁に、奥歯を噛みしめながら水野は性器を引き抜く。ぎりぎりのところで抜いたそれから吐き出した精液を瀬名の内腿にぶちまけてから、水野はひどく荒い呼吸を整え、瀬名の唇へと口づける。

涙に濡れ、とろりと蕩けた瀬名の目蓋を片手で塞いでやれば、瀬名も大人しく身体の力を抜いた。くたりと脱力した身体を抱きしめながら、「大丈夫だ」と繰り返す。

「――俺がいる」

ひどく小さな声ではあったけれど、そこにこめられた深い愛情を察したのか、瀬名はそのまま眠りに落ちる。随分と安らかになった表情に安堵しながら、水野はそっと瀬名の髪を撫でた。

（……俺に、〝家族〟を教えてくれたのはおまえだ）

ならば、瀬名に教えられたそれを護り抜くのが自分の役目だ、と。眠りについた瀬名の頬を手の甲で撫でながら、水野は瀬名の母親に渡したメモが無駄にならないことを、ひそかに願い続けていた。

◆

翌朝、ぐっすりと眠っている瀬名を起こさないよう細心の注意を払いつつ、水野は「いってきます」と家を出た。瀬名の父親のオペは午後に組まれていたが、複数本のバイパスをかける手術とあって、カンファレンスの時間もいつもより長く取られている。外来診療の時間はずらすことができないため、込み入ったオペが行われる日は、朝のカンファレンスの時間が繰り上がるのが通例だった。

今日も、空はじとりと曇り、細かい雨粒がぱらぱらと絶え間なくコンクリートの地面を濡らし続けていた。ワイシャツが肌に貼りつくような湿度に眉を寄せながら、人の少ないバスに乗り、見慣れた景色を横目で眺める。腕時計の文字盤は七時を指し示しており、これなら病院のカフェでゆっくり朝食も取れるだろうと頷いていれば、不意にスーツのポケットの携帯が震える。相手はなんとなく察しがついていた。

メールの受信を知らせるディスプレイを操作すれば、予想と違わずメールの送信者には〝瀬名春樹〟の名前があった。タイトルはない。本文も、傍目に見ればいたくそっけない三行である。だが、水野は『見送りできなくてごめん。いってらっしゃい。頼む』の三行にこめられた思いに気を引き締め直し、『気にするな。任せろ』と、瀬名に負けずとも劣《おと》らないそっけない返信を打った。

オペのチームは流動的に組まれるが、オペの内容が複雑になれば自然と見慣れた顔ぶれが揃う。初めて水野のオペに立ち合う第二助手の研修医だけはひどく緊張していたが、他の第一助手や立会いの看護師とは、何度も修羅場を潜り抜けていた。主に研修医向けの最後の復習の意味もこめて、水野は淡々とオペの手順を説明する。執刀の内容こそ複雑ではあったものの、水野の冷静な語り口や、凛とした看護師と第一助手の眼差しに、やがて強張っていた研修医の表情も、いつもの平静さを取り戻していた。

カンファレンスをそつなく終え、外来診療に移る。すでに退院を済ませている患者であろうとも、オペの執刀医はその後も患者の担当医となることが望ましいとされている。一か月前に執刀した患者の経過観察を行い、二年ほど前に前任の外科医が執刀した患者の再検査を指示し――と慌ただしくカルテと向き合っているうちに、時計の針はあっという間に午後の一時を回っていた。

オペの前に、師長が用意したパンとコーヒーをさっさと胃に詰めこんでから、最後の術前説明に向かう。患者の朝の状態は師長から聞かされており、カルテにも記されていたが、やはり直接患者と顔を合わせ、患者の口から聞かなければ分からないこともある。水野は口数が少なく、お世辞にも人好きをするタイプとは言えない。だが、もちろん患者に対しては真摯に向き合う。そのため患者からの信頼も厚いのだが、術前説明のために瀬名の父親の病室へと赴《おもむ》けば、すでに着替えを済ませた彼は、ひどい仏頂面でベッドに横たわっていた。

オペ前に不安げな表情をしている患者への応対には慣れているが、これほど不機嫌な顔つきで迎えられるのは初めてのことだった。水野は僅かに唇の端を引き攣らせながらも、淡々とした口調で最後の術前説明を終える。

「以上になりますが、なにか質問はありますか？」

「ない。勝手にやってくれ」

ぴしゃりと会話を遮断《しゃだん》する厳しい口調に、かろうじて水野は「最善を尽くします」とだけ返した。術前説明中に患者と一度も目が合わないのもまた初めてのことだ。同席していた瀬名の母親だけが、「すみません」と小声で謝罪しつつ、看護師に患者を託して病室を出て行く水野へ「宜しくお願いします」と頭を下げていた。

病室を出れば、にわかに身体の疲れが増したような気がした。水野は疲れを振り払うように軽く息を吐き、もくもくと白い廊下を進む。

慣れた動きで丁寧に手洗いを終え、オペ室の扉を潜る。すでに機材出しのため待機していた師長やベテランの麻酔医《ますいい》は、扉を潜った水野の顔を見るや「どうかしましたか」と声をかけてきたが、水野は無言で首を横に振るに留めた。オペ前にチームのメンバーに動揺を悟られるのは、これが初めてのことだった。

ひどい情けなさに苛まれながらも、深い嘆息を最後に水野は思考を遮断する。麻酔で深く眠っている患者を囲み、水野はチームの面々の顔を一度ぐるりと見渡してから「宜しくお願いします」とあえて平坦な声で言う。「宜しくお願いします」と同じ言葉を返したメンバーに頭を下げ、師長からメスを受け取る。これまで何度となく繰り返してきた手術だと理解しているにも拘わらず、今からメスを入れる患者が恋人の父親だと思えば、それだけでいつになく緊張感が増す。水野は一度目蓋を下ろし、ゆっくりと呼吸を整えた後で、邪魔な思考を頭から追い出す。

――山場を越えるまで、オペの記憶はいつもそこで途切れる。集中すると記憶が消えるのは、昔からの水野の癖だ。

山場を過ぎれば、縫合《ほうごう》が終わるまで、オペ室の中の空気が意外に和やかなものに変わる。第一助手が研修医のガチガチの緊張をほぐすために、医局でいちばん可愛いナースはだれかと話題を振っては小さく笑い合っている。その空気は、水野も決して嫌いではなかった。

小切開手術は縫合もすぐに終わる。第一助手が縫合糸を切り、執刀医の水野と麻酔医を見る。水野もまた彼らと頷き合ってから、「お疲れ様でした」と一礼する。オペ台から立ち去りつつ血がついた手袋を捨て、扉を出てからマスクと帽子と術衣を脱ぐ。そのままソファに座りこんでしまいたいと身体は叫んでいたが、もうひとつ扉を挟んだ先に患者の無事を祈って待つ家族がいることを知っている。

白衣を羽織《はお》り、フットスイッチを軽く蹴る。さっと開いた白い扉の向こうでまず視界に入ったのは、瀬名の母親の姿ではなく、「お父さん！」と声を上げる葵だった。

驚きに固まる水野を見、瀬名はゆっくりと黒い長椅子から腰を上げる。瀬名の手は、ひどく控えめではあるが、母親の背に添えられていた。

「葵！　ダメだ。お父さんお仕事してるから」

いつものように抱きつこうとした葵を瀬名が諌《いさ》める。緊張によるものか、いつもより少し語調が厳しい。葵もびくりと肩を震わせたものの、「はぁい」と大人しく瀬名の隣へと戻っていった。

「来ていたのか」

「……さすがに、休み取ってて」

ぽそりと、言い訳のように瀬名が言う。

「それに、母さんがひとりなのも、ちょっと」

「そうか。――そうだな」

水野は頷き、母親の前に立つ。怯えたように向けられる視線は、雄弁にその心に巣食う不安を物語っていた。水野は安心させてやるために、普段の医者の顔で彼女に微笑みかける。隣の瀬名は、初めて見る水野の表情に、驚いたように眼を瞠っていた。

「手術は無事に終わりました。ご安心ください」

「――よかった」

「はい。おそらく三十分以内に麻酔から覚めて病室に戻りますので、宜しければ病室でお待ちください。後ほど私も術後の様子を見にお伺いいたします」

「分かりました。……ありがとうございました」

お辞儀《じぎ》とともに告げられた声は、かすかに震えていた。葵もそのことに気づいたのか、葵の小さな手のひらが彼女の手をぎゅっと握った。

「おばあちゃん、だいじょうぶ？」

「……大丈夫よ。ありがとうね」

なにひとつ物怖《ものお》じせずに、彼女と接する葵に水野は内心で面喰《めんく》らったが、この場でそれを指摘するわけにもいかない。水野は会話に困ったのちに、「おまえはどうする？」と瀬名に問う。

「病室にいるなら、ナースステーションに寄って椅子を貰ってから行けばいい」

「——や、俺はいい」

手術後にまた興奮させたら悪いし、と、声に少し苦いものを滲ませながら瀬名が言えば、瀬名の母親もそれを否定できなかったのか、再び頭を下げてから瀬名に背を向ける。

「春樹」

「うん？　どうした？」

「今日、側にいてくれてありがとう」

「……え、っ」

思いもよらない感謝の言葉だったのか、瀬名はぴしりと固まった。彼女はそんな瀬名の様子にくすりと小さく笑みを浮かべ、病室へと戻っていく。

細い背が見えなくなるまで見送ってから、ようやく水野は肩の力を抜いた。

「オペ中、ずっと一緒にいたのか？」

「まあ、うん」

頷きかたこそぎこちなかったものの、やはり無事にオペが終わったことに安心したのか、瀬名の表情には安堵の色が滲んでいた。

「昨日の今日で顔合わせるつもりとかなかったんだけど、ばったり会って……わざわざ避けんのもヤでどうすっかなって思ったら、『座ってなさい』ってどっか行っちまって」

「——ひとりだったのか？」

「や。……入口んとこのカフェでコーヒーとココア買って戻ってきた。じっとしてると寒いだろうからって」

「おばあちゃん、優しかったよ！」

「随分馴染んでいるように見えるが……説明したのか？　俺たちのことを」

水野の疑問に、瀬名は小さく首を振る。

「そこまではさすがに言えてねえけど、お名前は？　って訊かれて、葵が応えてたから。たぶん分かってはいたんだと、思う。あの人もともと記憶力良いし、おまえの苗字くらい覚えてんだろ。担当医なんだし」

「そうだな」

みずのあおい！　と元気に応える葵の声が聞こえてくるかのようだった。先ほど瀬名に叱られたことを気にしているのか、葵は水野に飛びついてくることなく瀬名の服の裾を握って、ことりと首を傾げていた。

「葵はいい子だな。長い時間退屈だっただろう」

「そんなことないよ！」

否定をしない素直さが愛らしく、思わずくすりと笑ってしまう。

「だが、心強かったと思うぞ」

「――なにが？」

「オペ中にひとりで待機している家族の心細そうな顔はよく知ってるからな。……いくら勘当した息子とはいえ、こういう時に息子に傍にいてもらえるのは、母親としては心強かったんじゃないのか？」

「……だったら、良いんだけど」

心許なげに言う瀬名の肩を軽く叩いてから、水野は葵の前にしゃがむ。きょとんとしている葵の頭を撫でてから、水野は目元を和らげる。

「お父さんはまだお仕事だから、春樹をお願いな」

「わかった！」

「おいっ、子ども扱いすんなって！」

すぐに瀬名が声を上げたが、その表情は嬉しげな笑みを隠し切れていなかった。自信満々に頷く葵に笑いかけてから、水野は白衣の裾を払って立ち上がる。

「気をつけて帰れよ」

「おう。……おまえも、仕事頑張れ」

「ああ」

「それと。オペ、頑張ってくれてありがとうな」

「……医者としては、当然のことをしただけだ、と言うべきなんだろうが……労ってくれてありがとう、と言っておく」

「ん」

それでいい、と言いたげに、瀬名が軽く水野の背を叩いた。

水野は後ろ髪を引かれつつ二人に背を向け、オペ室へと戻っていく。まだ、やらなければならない仕事は、山のように残されている。――それでも、水野の心は、昨日よりも随分と明るくなっていた。

もしかしたら、母親となら、瀬名も和解できるのではないか――と。そんな期待が、水野の胸に渦巻く。

「……水野先生？」と、訝しげな師長の声がする。

「どうされました？　オペが終わって気が抜けましたか？」

「――いや、すまない。なんでもない」

まさか顔に出ていたとは思わず、水野は慌てて顔を伏せる。仕事中に瀬名のことを考えてはいけないと自分を叱責しつつ、水野はパンッと両手で強く頬を叩いた。

4

瀬名の父親は、オペを終えた十日後の梅雨の晴れ間に退院して行った。しばらく経過観察は続くが術後も良好で、水野も医局の人間もほっと安堵の息を吐いていた。

瀬名は水野の知らないところで、入院中にもう一度見舞いに病室を訪ねて来たようだったが、父親と会話することはできずじまいだったという。「これが最後の機会かもしれなかったんだけど」と、切なげに語っていた瀬名の表情は、瀬名の父親が退院してもなお、水野の胸に深く刻みこまれていた。

月が明けた七月には、術後に処方していた薬の量もずいぶん減った。担当医の交代を申し出られていないところを見るに、執刀医として最低限の信頼は培《つちか》えているようだったが、彼の水野に対する態度は相変わらずだった。

瀬名は、両親と再会してから、明らかに彼らの話題を出すことが増えた。それは取り留めのない思い出話であったり、『いつか和解できたら』という期待の滲んだ未来の話だったりもする。そんな瀬名の様子を思い出していたからか、頑なに目を合わせようとしない彼のカルテにペンを走らせながら、水野は思わず「気にならないんですか」と口を滑らせていた。

「……まさかとは思うが、それは息子のことを言っているのか？」

冷え切った口調につられ、背筋が伸びる。水野は右手のペンをカルテの上に置き、意を決したのちに「そうです」と首肯した。

「彼は……あなたや奥さんと再会してから、あなた方の話をよく聞かせてくれるようになりました。以前よりもずっと」

「どうしておまえが春樹からそんな話を聞かされるんだ？」

「それは、」

核心を突いた疑問に、水野は唇をつぐむ。冷ややかな視線を正面から浴び、水野の背にじわりと冷や汗が滲む。

「おまけに『以前よりもずっと』とはな。まるでおまえが前から春樹と一緒に暮らしていたかのような言い回しじゃないか」

「――その通りです」

「なんだと？」

「だから私は、あなたと春樹に、もう一度話し合ってほしいと考えているんです」

仕事中にする話ではないと理解していたが、動き始めた唇は止めることができなかった。

診察室に重苦しい沈黙が満ちる。しばらくその重さを味わってから、瀬名の父親は荷物をまとめ、「他人の家の事情に口を出すな」と吐き捨てるように告げ、診察室を後にしていった。その背を見送ることしかできない自分が、水野には歯痒く思えて仕方がなかった。

久しぶりにゆっくりとした時間が流れている、日曜の夕方のことである。散歩を終え、はしゃぎ疲れた葵が昼寝を始めたため、大人二人はリビングでぼんやりとコーヒーを啜っていた。

「――俺からも、話ができれば良いんだが」

「バカ。おまえと親父が会うのなんて問診の時間くらいだろーが。仕事中に俺のことなんか考えてんじゃねえよ」

正論にぐうの音も出ず、水野は押し黙る。苦虫を噛み潰したような水野の表情に、瀬名は小さく声を上げて笑った。

「……でも、無事に退院できてよかったよ」

「そうか」

「そりゃそうだろ。ブチ切れられはしたけど……まあ、顔も見れたしな」

寂しげな雰囲気は垣間見えつつも、初めて病室から追い出された時のような落ちこんだ空気は綺麗に消え去っており、水野も安堵する。しつこく会いに行けと進言したのはまぎれもない水野ではあったけれど、あの暗く沈んだ瀬名の表情は、できれば二度とお目にかかりたくはなかった。

「母親のほうは？」

「かわらず、って感じかな。面会した時にぎッこちねえ世間話はちょっとしたけど、なんも訊かれねえし。——俺が説明しねえのが悪いんだけどさ」

「連絡先くらいは交換したんだろう？」

「……や、無理だろ」

ぽつりと言い、瀬名は困ったように眼を逸らす。

「勘当されて、戸籍も抜かれたヤツがなに言ってんだって話じゃね？」

「——向こうからしたら、そこまでした自分の息子に『連絡をくれ』とせがむほうがやりにくいと思うが」

「あー……いや、言いたいことは分かんだけどさ」

視線をテーブルに落としたままひっそりと苦笑する瀬名に、水野は軽く肩を竦める。

「おまえのその不器用さは親譲りか」

「悪かったな」

「悪くはない。——まあ、それなら、向こうからの連絡を待つほうが良いか」

「は？」

「おまえ、もう親御《おやご》さんとの接点はないんだろう？」

「ない……けど。それがなんだよ」

「そのほうが、向こうもおまえの様子が気になるだろうと思ってな」

「——悪ィんだけどさあ、俺にも解るように喋ってくんねえ?」

じとりと睨みつけられはしたが、まさか瀬名に隠れて母親に自分の連絡先を渡していたとは言えず、水野は柔らかく笑んで誤魔化すに留めた。バレれば最後、瀬名は「勝手なことすんじゃねえ」と怒り狂うだろう。——だが、もしも、瀬名の母親が瀬名の様子を気にして自分に連絡をしてくる日が来るのなら、それに勝る幸せはない。

「なに笑って誤魔化そうとしてんだよ」

「バレたか」

「バレバレ」

こつ、と。テーブルの下で軽く足を蹴られる。

「あんま余計なことすんじゃねえぞ、マジで」

余計なこと、という言い回しに寂しさを感じないわけではなかったが、瀬名の言い分は水野にも理解できるものだった。

「分かった。気をつけよう」と頷いた表情に、まるで変化はなかったはずだが、瀬名は「あー」と呻き声を上げ、マグカップのコーヒーを一口飲んだ。

「今のは俺が悪い」

「気にするな。俺がおまえの家庭の事情に首を突っこんでいるのは確かだ」

「でも、おまえだって俺の家族だろ。だからごめん」

「――なんだかな」

「……うん？」

真摯に言い募る瀬名を見つめ、水野は切なげに微笑する。

「まさか同性と〃家族〃をつくることになるとは夢にも思っていなかったが……おまえのおかげで、俺は幸せになれたのにと思うと、どうにもやるせないものがあるな」

しみじみ言えば、瀬名は屈託なく声を上げて笑った。まさか笑われるとは思わず、水野はかすかに眼を瞠る。

「笑われるようなことを言ったか？　俺は」

「っくく――いや、おまえ、堅物《かたぶつ》に見えて妙なトコで柔軟性あるよなって」

「柔軟性？」

「ノンケならもうちょい躊躇《ためら》うだろうが。男相手に家族がどうこう言うの。おまけに『幸せ』とか抜かしやがるし」

「事実だからな」

瀬名と出会ってから、じきに十か月を迎えようとしている。一緒に過ごした時間は未だ短いものではあるが、これまでの人生を振り返ってみても、これほど深く関わることができた他人は、瀬名が初めてだった。

「だから、なんとかしてやりたい気持ちが強くてな。先走りすぎないように気をつける」

「ん。そうしてくれ」

話が一区切りついたタイミングで「はるくん?」と隣の部屋から声がする。瀬名はすぐにマグカップを置いて立ち上がり、「起きたかー?」と声を上げながら葵のところへと向かっていった。

水野はテーブルの上に置いてある二台の携帯のうち、私用の一台を手に取ったが、もちろんそこには、水野の望む着信履歴は刻まれてはいなかった。

――着信があったのは、これ以上自分にできることはないのかもしれない、と、水野が諦めをおぼえ始めた数日後のことだった。

◆

七月二週目の日曜の昼に、水野は瀬名の実家に向かうために車を走らせていた。助手席にはお土産の紙袋が置かれ、後部座席には、チャイルドシートに座る葵と、落ち着かないと言わんばかりに視線を右往左往させている瀬名の二人が収まっている。

「そう不安げな顔をするな」

「無茶言うんじゃねーよ。心臓に毛ぇ生えてるおまえと一緒にすんな」

「おまえは繊細《せんさい》だからな」

「バカにしてんのか⁉」

威勢《いせい》よく飛び出した怒号《どごう》に、水野はバックミラー越しに破顔する。吼えられて喜ぶのもどうかとは思うが、落ちこまれるよりは噛みつかれているほうがよほど落ち着くし、安堵する。

「まさか開口一番に怒鳴られることもないと思うが」

「……でも、俺には替わらなくて良いって言ってたんだろ？　母さん」

「直接会って話したいんだと思うぞ、俺は。俺だって、今日おまえを連れて来られるかと持ちかけられただけで、込み入った話はまるでしていない」

カーナビの案内に従い、高速を降りる。隣の県の外れに位置する瀬名の実家は、車で二時間弱の距離だった。

「さすがに、俺も腹を括った」

「……マジか……」

「当たり前だ。――言っておくが、揉めるつもりはない。こじれそうになったら引き上げはする」

「分かってるよ」

拗ねたように唇を曲げた瀬名に、葵の「おばあちゃんのおうち楽しみ！」という葵のはしゃぐ声が重なる。あまりに無邪気なその声に、水野は肩を揺らして笑ってしまった。

「――葵がいてくれてよかった」

「お父さん？」

「……楽しみか？　おばあちゃんに会うの」

「うん！」

人見知りはするのに、人の懐にはするりと入りこんでいく。「面白い娘だ」と思わず呟けば、「だれに似たんだかな」というしたり顔の瀬名の声に、水野は口元の笑みをさらに深めた。

「おっきい！」

「そうだな」

「いや絶対おまえの実家のがデケエだろ。ただの田舎の平屋だっつの」

口調こそ平静を装っていたが、実家を眺める瀬名の視線はありありと「懐かしい」とその心情を語っていた。玄関の木の表札には確かに〝瀬名〟と刻まれており、水野もまたぐっと気を引き締める。

「……俺よりおまえのが緊張してんじゃねえの？」

「そうかもしれないな」

「自分より緊張してるヤツ見るとさ、なんかこう、気ぃ軽くなるよな」

「こんなものでおまえの気が軽くなるならお安い御用だ」

「さっすがオトーサン」

茶化すように瀬名は言うが、その語尾が震えていることに水野は気がついていた。表札の下の黒いインターフォンは、押される時を今か今かと待っている。

「お父さん？　はるくん？」

「……うん。大丈夫」

玄関の前で立ち止まり続ける大人二人を、葵が不思議そうに見上げている。瀬名はもう一度「大丈夫」と呟き、震える指でインターフォンの呼び鈴を押した。

「親父が出てきたら、俺、死ぬかも」

「縁起《えんぎ》でもないが……そしたらすぐに生き返らせてやる」

「おまえが言うとガチなんだよなあ」

ふふ、と瀬名は、石畳の地面に含み笑いを落とす。かくいう水野も、先週問診を終えたばかりの患者とスーツ姿で向き合うのは、なんとも形容しがたい気まずさがあった。

玄関の曇りガラス越しに、人影が近づく。揃ってぴんと背筋を伸ばした瞬間に、カラカラと静かに扉が開く。

「……遠くまで呼び出しちゃったわね」

「――いえ。むしろ、機会をいただけたことに感謝しています」

「上がってください。……春樹も」

「……うん」

神妙に頷く瀬名とは対照的に、葵の「おばあちゃん、こんにちは！」という明るい葵の声が平屋の玄関に響く。彼女は少し困ったように苦笑しつつも、「いらっしゃい、葵ちゃん」と、確かに葵の名前を呼んだ。

「覚えててくれたのか？　葵の名前」

葵の靴を脱がせてやりながら、思わずといったふうに瀬名が問う。彼女は小さく肩を竦める。

「名前を覚えるのは得意だったでしょう、私。忘れちゃったかしらね」

「覚えてるけど。……一回しか言ってなかったし」

「その『一回』の重さが全然違うわよ」

ぎこちなさはあれど、想像していたよりもずっと穏やかに言葉を交える二人の様子に胸を撫で下ろしつつ、水野も脱いだ革靴を揃える。一軒家が珍しいのか、きょろきょろと視線を彷徨わせている葵の手を取り、水野は瀬名の後ろについて板張りの廊下を静かに進む。

「……親父は？」

「居間にいるわよ。——あんたが来ることは言ってないけど」

「は⁉」

「言えなかったの」

ごめんね、と彼女はしおらしく言い、窺うように瀬名を見上げる。

「お父さん、怒ると怖いんだもの」

「——確かに」

「でしょう」

自然に交わされていく二人の言葉に、水野の唇は淡い弧を描いていたが、襖の前でぴたりと止まった彼女の足に、口元の笑みはすぐに消え去った。

「——お父さん？　入りますよ」

「なんだ改まって。どうした」

凛と響いた低い声に、目の前の瀬名の肩が大きく跳ねた。するりと開かれた襖の向こうに見えた父親は、突然現れた息子と水野、そして葵の三人に、大きく眼を見開いたのちに鋭く瀬名の母親を睨みつける。

「どうして入れた？」

「……私が呼んだんです」

「――何を考えているんだおまえは‼」

　家ごと震えるのではないかという激しい怒号に、葵が水野にしがみつく。大人でも震え上がるほどの怒気を、おそらく葵はまだ知らない。抱き上げてやろうと腰を折れば、父親はバンッと両手で強く座卓《ざたく》を叩き、逆側の襖から家の奥へと姿を消してしまう。

「お父さん！」

「いい。俺が行く」

　追い縋るような声を出す母親の背中を「ごめん。色々」と撫でてから、瀬名は水野と視線を合わせる。

「父さんには俺が話す。たぶん、おまえじゃ、絶対無理だし」

「――分かった」

「葵、ごめんな？　怖かったな」

「……いいよ」

「ん。ありがと」

　葵に向けて浮かべられた笑みはあからさまに強張っていたが、瀬名は父親の後を追い、すぐに家の奥へと消えていった。その場に残された水野は廊下に立ち竦むばかりで、瀬名の母親にかける言葉さえ思い浮かべることができずにいた。

「……お見苦しいところを」

「とんでもないです」

長い沈黙ののちにひと言を交わし、ようやく水野は肩の力を抜いて宥《なだ》めるように葵の肩を撫でた。

「どうぞ、入ってください。今お茶を淹れます」

「お構いなく」

「楽にしていて構いませんよ。すぐに戻りますから」

形式的な会話ではあったが、永遠の沈黙が続くよりは幾らかマシだ。水野は葵の手を握り、畳に置かれた座布団へ、ゆっくりと腰を落ち着ける。

葵はしばらくそわそわと居間の中を見渡していたが、やがて四隅のひとつで丸まっているグレーの猫に気づき、「あっ」と声を上げて立ち上がる。

「お父さん！　ねこ！」

「こら、葵！」

「引っ掻きも噛みもしない大人しい子だから大丈夫ですよ。——あの子が嫌がったら、触らないであげてね。葵ちゃん」

「はーい！」

盆に急須《きゅうす》と湯呑みを載せ、彼女は水野の正面に座った。差し出された緑茶に頭を下げてから、水野は持っていた土産を座卓の上へ静かに置いた。

「つまらない物ですが」

「すみません、お気遣いいただいて」

「気遣っていただいたのはこちらの方です。――春樹だけで来させるべきかとも思ったのですが……その、」

「心配だったんでしょう？」

「――はい」

言いあぐねた語尾を当てられ、水野には頷くしかない。彼女はそこで言葉を切り、視線を左右に彷徨わせ、困ったように苦笑する。

その表情は、まるで、水野から事実を告げられることを恐れているようにも見えた。水野もまた、彼女になにから告げるべきか迷う。

「お父さん！　ねこの目、きみどりだよ！」

「――すみません」

「いいえ」

ふふ、と彼女は苦笑を微笑に変え、無心で猫の身体を撫でている葵の方を向く。

「ユズちゃんよ」

「ゆず？」

「そう。コラットっていう品種……は、まだ分からないわよね」

「――名前の組、ですかね」

「組？」

「保育園にも組がありますので」

「ああ、そうね」

きょとんとしている葵と再び目線を合わせ、「ユズちゃんは、コラットっていう名前の組に入っている猫で、その組の猫はみんな目が黄色か黄緑色なのよ」と、再び彼女は葵へと優しく語りかける。

「きらきらしててすごい！」

「そう？　ありがとう」

葵はすぐに彼女から猫に視線を戻し、「ゆずちゃん」としきりに猫に話しかけている。大人しいというのは本当のようで、猫は暴れもしなければ鳴きもせず、ともすれば葵のオモチャになってあげているようにも見えた。

「――本当に、大人しいんですね」

「賢《かしこ》い子なのよ。甘えたがりで私にはべったりだけど、すぐ近所の私の友達は猫が大嫌いで、その人が家に来るとスーッと奥に行っちゃうから」

「人をよく見てるんですね」

「そうね。だから、今も叩いたり苛めたりしないって分かったから、触らせてあげているんだと思うわ」

　初めて饒舌《じょうぜつ》に語る彼女の姿に、水野の目元も僅かに和らぐ。

「猫、お好きなんですか」

「ええ。最初に飼ってた子は春樹が高校生の時に死んじゃって、その子はつい二年くらい前に飼い始めたのよ」

「そうなんですね」

「春樹も可愛がっていたから、あの時は久しぶりに泣いたところを見たわねえ……」

　懐かしいわね、と呟かれた声は、どこか哀しげに水野の鼓膜に届いた。水野はしばらく手元の湯呑みに視線を落としたのちに、やがてしっかりと顔を上げ、正面から彼女の顔を見つめる。

「春樹が心配だったというのもありますが……今日、私は、お礼を言いたくて来たんです」

「……お礼？　私たちに？」

「はい」

　すっと背筋を伸ばした水野に本題が持ち出される気配を察したのか、彼女もまた神妙な面持ちで湯呑みを座卓に置いた。水野はどう切り出すべきか迷ったのちに、あえてストレートな言葉を選んだ。

　それが、今の自分に見せることのできる誠意だと、水野は信じていた。

瀬名の言葉は――いつも真っ直ぐに水野の心へと響く。

「お察ししているかもしれませんが、俺――いえ、私は今、春樹と一緒に暮らしています。私の娘の、葵と一緒に」

「……そうね。なんとなくは」

「今まできちんと説明できずに、申し訳ありませんでした」

「聞きたくなくて逃げていたのは私だから」

諦観の念が滲む微笑と共に、彼女は水野から視線を逸らす。水野もまた視線を葵に向け、思考を少し過去に遡らせる。

「彼が、私の出て行った前妻が残した葵の面倒を見てくれたところから、彼との縁は始まりました」

懐かしいと言えるほど過去の出来事ではなかったが、一年足らずの間にすっかり三人で過ごす時間が水野の身にも馴染んでいた。それは、去年の冬の日に、瀬名が葵へと手を差し伸べてくれたところから始まった。

「私は、今年の春まで外科ではなく、救急救命センターで激務をこなしていました。出勤時に偶々《たまたま》顔を合わせた時、この子から『またきてね』と見送りをされたことは一度や二度じゃありません。不甲斐ないことに、私はそれを仕方のないことだと諦めていたので、おそらく私は、仮に前妻が出て行かなかったとしても、一生〝父親〟にはなれないはずの人間でした」

平坦な声で続ける水野に、彼女の視線が戻される。

水野は真っ直ぐに彼女を見る。

「私が葵の父親になれたのは、他ならない彼が、〝家族〟の温かさを教えてくれたからです」

――第一印象は、『なんて目つきと口の悪い男だろう』だった。

だが、水野は、彼の内側に、深い愛情と優しさがあることを知っている。

「彼は、私に『家に帰ったらただいまを言う』というところから教えてくれた。それは、『ただいま』を言える家で育った人間にしかできないことだと、私は思います。私は医者になれとだけ言われて育てられたので、そういった〝家族〟の温かさを知りません。もちろんこれは、自分が犯したネグレクトの言い訳にならないかもしれませんが」

水野は思い出す。

初めて瀬名と葵がいる家に「ただいま」を告げた時のこそばゆさと、かすかに、けれど確かに、胸に灯った温かさを。

「彼は、父親失格だった私を、何度も根気強く叱ってくれました。葵のために料理を覚えて、葵と私に食べさせてくれた。娘の誕生日の祝いかたも知らなかった情けない私に、娘の成長を一緒に祝う、その喜びを教えてくれた。数え始めたらキリがありません。……私は彼と出会うまで、異性はおろか、他人に関心を持ったことがなかった。ですが、今は心から、これからも彼と一緒に生きていきたいと思っています」

彼女は、じっと水野を見つめたまま動かない。

その真剣な眼差しに応えるように、水野も一心に、彼女へと伝えなければならない言葉を選ぶ。

「――春樹を、優しい人間に育ててくださって、本当にありがとうございます。春樹の優しさがあったからこそ、私と葵は幸せになれた」

水野は真摯に頭を下げ、「だから」と今にも震えてしまいそうな声で続ける。

「だから、今度は私が春樹と葵を幸せにする番だ、と……そう誓うことを、どうか、許していただけませんか」

それ以上、水野はなにも言葉を重ねることができなかった。重いばかりの沈黙の中、座卓の木目を見つめ続けていれば、次に水野の耳に飛びこんできた声は「おばあちゃん！」という葵の甲高い声だった。

驚きに思わず顔を上げれば、彼女は片手で顔を覆い、真っ赤な眼を伏せていた。

「どうしたの？　どこか痛いの？」

「――いいのよ、大丈夫。気にしないでちょうだい」

駆け寄った葵に涙の滲んだ笑顔を向け、彼女は小声で「良い子ねえ」としみじみ呟く。

「――あなたにお義母《かあ》さんと呼ばれることは、正直に言って、まだできないけど……」

「はい」

「……おばあちゃん、って呼ばれるのは、ずっと憧れていたのよねえ」

そう言って、彼女はおそるおそる右手を伸ばし、一度だけ葵の頭を撫でる。きょとんとした笑顔でされるがまま撫でられている葵を視界に焼きつけ、水野はようやく唇の隙間から安堵の息を吐き出した。

声もなく『緊張していました』と語る水野を微笑ましげに見遣ってから、彼女は再び葵の顔を覗きこむ。

「……葵ちゃん」

「なあに？」

「今日、おばあちゃんのご飯、食べて帰らない？」

「――いいの⁉」

嬉々として声を上げる葵とは対照的に、水野は驚きに眼を瞠り、そしてそのまま硬直した。ちょうどそのタイミングで居間へと戻ってきた瀬名は、喜ぶ葵と固まる水野の二人を交互に見つめ、最後に母親に向かって「……どうした？」と首を傾げた。

「なんかあったか？」

「なんでもないわ」

さっと目元の涙を器用に拭い、彼女は瀬名を仰ぎ見る。

「あんたも。……遅くなって大丈夫なら、夕飯くらい食べて行きなさい」

「――え」

予想だにしない申し出だったのだろう。声もなく固まった瀬名の気持ちは、水野にもよく解るものだった。

「……なあに。嫌なの」

「ち、ちがっ、そうじゃねえけど！」

慌てたように声を張り、瀬名は首を横に振る。

「良いのかよ……親父、めちゃくちゃ怒るんじゃねえの……？」

「きっとね。でも、あんただってお父さんに話したいことがあって来たんでしょう？　それ、ちゃんとお父さんの顔を見て言えたの？」

「っ」

凛とした問いに、瀬名は思わずといった風に視線を逸らした。それだけで、彼女は瀬名が父親とろくに話せなかったことを悟ったのだろう。瀬名も彼女もしばらく黙って哀しげに眼を伏せていたが、やがてしっかりと顔を上げる。

「春樹」

「――はい」

名前を呼ばれた瞬間に、瀬名は姿勢を正す。その芯の通った声色に、呼ばれていない水野さえ、思わず居住まいを正してしまう。

「大事なことは、ちゃんと相手の前に立って、自分の言葉で伝えなさい。言葉にしなくちゃ、絶対に気持ちは伝わらないわよ」

まるで、自身にも言い聞かせているかのような、強い意志の見える声だった。

「――はい」

瀬名は僅かに唇を噛み、項垂れるように首肯する。いつになくしおらしい瀬名の様子に、もしかしたら今の彼女の言葉は、幼少の頃から何度となく言い聞かせられてきた母親の教えのひとつだったのかもしれないと思う。

水野もまた、今しがた彼女が語った言葉を、無言で胸の内へと刻みつけていた。


――水野と瀬名と葵は、出された茶菓子をつまみながら、瀬名の母親も交えて他愛ない世間話をしていた。どうやら瀬名の父親は、経過観察で水野が伝えた内容の二割ほどしか母親には伝えていなかったようで、水野は「まったくお父さんったら」と呆れる彼女に、病状が改善していることや、これから気をつけなければいけないことを説明し、できるだけ安心を与えられるよう努めた。

夕方頃に台所へと下がって行った母親に、瀬名は手伝いを申し出た。「あんた料理なんてできるようになったの」と驚きを露わにした彼女の表情には、同時にはっきりとした喜びの感情が滲み出ていた。息子と台所に立てる日が来るとはついぞ思っていなかったのだろう。葵もしばらく手伝いたそうに居間から台所の方をそわそわと見つめては、たまに「お手伝い、ある？」と顔を覗かせていた。しかし、瀬名の実家の台所の造りや調理器具は子どもには不向きなようで、瀬名から「ありがとな。今日は大丈夫だから、もうちょい待ってて」と優しく諭されるたびに居間へと戻っては、猫と遊んで……を繰り返していた。

台所からは、時折上がる二人の話し声や笑い声が、居間にまで聞こえてくる。なにを話しているかまでは分からなかったけれど、五年以上絶たれてしまっていた瀬名とその母親の縁を再び結び直せる日が来たというのなら、水野にとってもそれはいたく嬉しいことだった。

肉じゃがやからあげ、炒《いた》めものにお浸《ひた》しといった家庭的な夕食が座卓へと並べられ、水野は思わず胡坐《あぐら》にしていた脚を正座に直した。明らかに普段と違う水野の様子に、ご飯茶碗を並べつつ、くすりと瀬名は笑った。

「ガチガチじゃねえか」

「緊張もする」

「別におまえ、食べ方汚いワケでもねえし、そんな緊張することもなくねえ？　普通の飯だよ」

「俺にとっては普通じゃない。――おまえの、家の味なんだろう。これは」

水野は、瀬名の料理の味は知っていても、瀬名が食べて育った家のご飯の味を知らない。瀬名との関係を完全に認めてもらえたとは言い難い自分が、本当にこれを口にしても大丈夫なのだろうかという不安もあった。

「それに、おまえの父親もずっと顔を見せてはくれない」

「あー……うち、食事の時は全員で、っていうのが習慣なんだけど……今日は諦めたほうが良いかもしんない。親父、一回ダメって思っちまったら、説得するまでかなり時間かかっから」

「そうか」

できることなら一緒に、という水野の思いは、瀬名の言葉であっけなく打ち砕かれた。

残念に思いながら食卓を眺めていれば、お盆に味噌汁を載せた母親が居間へと戻ってくる。

「お口に合うと良いんですけどね」

「いえ、」

味噌汁を並べる母親から話しかけられ、水野は静かに首を振る。

「むしろ……俺がいただいてしまって大丈夫なのかと考えていました」

「作り手が良いって言ってるんだから良いのよ」

おそらく、よほど瀬名と一緒に炊事場に立てたことが嬉しかったのだろう。水野と対面していた時より自然に言い、彼女はくすくすと控えめに笑う。

「あの子、黒こげのハンバーグなんて作ったんですって？」

「今は、かなり上手いと思うんですが……作り始めの時は、それなりに失敗もしてましたね、確かに。特にあのハンバーグは酷かった」

「はるくんのごはん、おいしいよ！」

話題に思い当たるところがあったのか、水野の横で葵が声を上げる。いたく微笑ましい葵の声に、彼女も「そうなの？」と優しく首を傾げた。

「葵ちゃんは、春樹のご飯でなにがいちばん好き？」

「んー……」

ひとつに絞ることができないのか、葵はしばらく深刻な表情でぐぐっと眉を寄せてから、やがて「ぜんぶ！」と声を上げる。

破顔したのは、水野も母親も同時だった。

「いっぱい作ってもらってるのねえ」

「うん！」

「――おばあちゃん、ちょっとだけ、葵ちゃんが羨ましいわ」

「……なに？　なんの話？」

人数分の箸とコップを盆に載せ、瀬名が台所から戻ってくる。水野も彼女も「なんでもない」『なんでもないわ」と同時に口にしたものの、葵だけは「おばあちゃん、はるくんのご飯食べられなくてさみしいって！」と、なんの悪気もなく彼女の本心を言い当ててしまう。

「……今日、俺も作ったじゃん。きんぴら」

「そうね」

「たぶん、母さんのには負けるけど」

「当たり前でしょう。私が何年台所に立ってると思ってるの」

呆れたように言ってから、彼女は瀬名から視線を外し、水野と葵を交互に見つめ、そして並べられた座卓の上の夕食を眺める。

「……だれかに美味しいものを食べさせてあげたいって思った時に、初めて料理は上達するのよ。頑張りなさい」

「――うん」

瀬名は、ともすれば泣き出しそうな表情で頷く。込み上がってくるものを誤魔化そうとしたのか、雑な動きで箸を手に取り、瀬名は「食べようぜ」とわざとらしいほどに明るく言った。

「葵も、お腹ぺこぺこだろ？」

「うん！」

葵もまた、水色の子ども用の箸を手に取った。それはきっと、昔瀬名がこの家で使っていたものだ。

いただきます、と口を揃えた瞬間に、真っ先にからあげへ箸を伸ばした葵に、三人とも口元の笑みを深めた。それは、葵の好物だった。

熱いことを分かっているのか、ふーふーと息を吹きかけてから、小さな頬いっぱいに好物を食べる幸せそうな葵の表情を、母親は微笑ましげに見つめ続けていた。

「おばあちゃんのからあげおいしい……！」

「そう？　ありがとう」

「……これ、すげえプレッシャーだな」

母親の隣で味噌汁を啜っていた瀬名が、思わずといった調子でぼやく。次から味を比べられると思っているのだろう。困ったように苦笑する瀬名を見遣り、彼女は小さく声を上げて笑った。

「慣れよ。たくさん作って、自分の手で味を覚えなさい」

「――ウッス」

「帰る前に、下味の付け方と揚げ方くらいはメモしてあげるから」

「ん。……あんがと」

しおらしく礼を言う瀬名に、水野も「ありがとう」と口を滑らせてしまう。なにに対しての礼の言葉か掴み損ねたのか、瀬名は口に含んだ白米を咀嚼《そしゃく》したのちに「なにが？」と正面の水野を見る。

「おまえに礼言われるようなこと言ってねえけど」

「いや……おまえが上達すればするだけ、俺も仕事が捗《はかど》るだろうと思ってな」

「――ばっ、」

水野の率直な物言いに「バカ」と叫びかけた口を噤み、瀬名は鋭く睨みを利かせてから、慌てたように隣の母親の横顔を見た。彼女は薄い苦笑を唇に浮かべながら、しばらく逡巡したのちに「そうねえ……」と小声で思案する。

「夕飯をきちんと毎日作っているのなら、お弁当も簡単にできるわよ」

「……へっ?」

「あんたも、外食減らしてお弁当にしたら良いじゃない。節約にもなるし、一石二鳥《いっせきにちょう》だと思うわ」

名案だと言わんばかりの提案につられ、水野は医局で自分が弁当を取り出す姿を想像し、そして咄嗟に口元を覆った。

「おい。どうした?」

「いや、」

くつくつと控えめに肩を震わせる水野を訝しげに睨みつつ、どうせろくでもないことを考えているんだろとでも言いたげに、瀬名は大口を開けて肉じゃがを頬張る。

「医局の人間にすごい目を向けられそうだと思っただけだ」

「あら。そうなの」

「俺は、自分でも自覚していますが、あまり愛想の良い人間ではないので。救命にいた頃の傍若《ぼうじゃく》無人《ぶじん》っぷりは、今いる外科にも知れ渡っていますし……そんな奴が突然手作りの弁当を持参したら、研修医たちの格好の噂の的だと思っただけです」

「病院の方にも本当にお世話になったから、もし機会があればお礼を伝えておいてもらえるかしら」

「はい。必ず」

退院した患者から時折届けられるお礼の言葉は、他人の感情に疎い水野の疲れさえ容易く癒す。師長にさえ伝えれば、後は自然に医局の人間にも行き渡るだろうと頷き、水野も箸を進めていく。

ぎこちなさが顔を出してくることこそあったが、瀬名と母親の会話に、哀しさや寂しさの片鱗はもう見えない。そのことに水野は安堵しながら、そっと瀬名の後ろの襖へ視線を向ける。

瀬名の父親は——あれから一度も、自分たちの前に顔を出してはいなかった。だが、自分が声をかけたところで火に油を注ぐ結果にしかならないと、水野は重々承知していた。

このまま、まともに会話をさせてやることもできないのだろうか……と水野が考えこんだ瞬間に、母親は葵との会話を切り上げ、「大丈夫よ」とおもむろに水野へ声をかける。

まさか悟られるとは思わず、水野は眼を瞠る。瀬名が聡いのは、おそらく母親譲りなのだろう。

「……少し、卑怯なやり方なのよね。きっと怒られるわ」

「――母さん？」

「お父さん、奥の部屋に引っこんで行ったでしょう？　……居間を通らないと、お父さんがいる部屋から、お手洗いには行けない」

「――あ！」

瀬名が声を上げる。水野も一度借りたため、場所は覚えている。まさかそんな手段が採られていたとは思わず、呆然と彼女を見つめていれば――出し抜けに、瀬名と母親の背後の襖が開く。

そこに立っていたのは、今まさに話題に上がっていた、鋭い眼で食卓を睨み据える瀬名の父親だった。

彼は無言で居間を横切り、逆側の襖を開け、無言で廊下を進んでいく。だれもが会話を止め、箸を置き、彼が残していったぴりぴりとした緊張感を全身で味わっていた。

二分も経たないうちに、再び父親が廊下から姿を現した。彼の視線は、どこまでも真っ直ぐに、瀬名を睨んでいる。

「まだいたのか」

「……すみません」

「私が、一緒に食べましょうって誘ったんです」

「――おまえまで……」

父親は深く嘆息すると同時に、片手で眉間の皺を揉む。

「早く帰れ。どれだけ待ったところで、おまえと話すことはもうない」

厳しく吐き捨てられ、瀬名の肩がびくりと跳ねる。怒鳴り声とはまた違う、淡々とした声にこめられた深い怒りに、水野でさえ頭を抱えてしまいたい気持ちになる。

『話すことはもうない』という言葉の通りに、父親はすぐに瀬名から視線を外し、奥の襖へと手をかける。きつく噛みしめられた瀬名の唇は、半ば白くなっていた。

沈黙が落ちる。

その重い静寂を裂いたのは――「なんで？」という、あまりに無邪気な葵の問いだった。

「なんではるくんのこと嫌いなの？　はるくん、とっても優しいよ」

「……葵」

「ケンカ？　はるくんがごめんねって言ってるのに、いいよって言ってあげないの？」

「葵。違うんだ」

水野は、静かな声色で葵の言葉を止める。瀬名の父親もまた襖にかけていた手を止め、思いがけない子どもの問いかけに全身を強張らせていた。

「春樹と、春樹のお父さんは、喧嘩をしている訳じゃないんだ」

「……そうなの？　怒ってるのに？」

「ああ。違う」

水野に向けられる葵の眼は、どこまでも真っ直ぐに澄んでいた。水野はじっと葵の眼を見つめ返し、「葵には、まだ難しいかもしれないが」と言葉を継いだ。

「——今、お父さんと春樹は葵と一緒に暮らしてるだろう？」

「うん」

「葵も、お父さんと同じように、春樹のことを〝家族〟だと思っているだろう？」

「うん！」

「でも、葵の家族は、春樹が来る前はお母さんだっただろう？　男の人は、女の人と家族になることの方が多いんだ。分かるか？」

「けんちゃんとよしくんみたいに？」

「そうだな」

葵の言う『けんちゃん』と『よしくん』の顔を思い浮かべることこそできなかったが、保育園の友達だろうと想像することは容易かった。——その友達の家が、世間が言う〝一般的〟な家族のかたちをしていることも。

「お父さんと春樹みたいに、男の人同士で〝家族〟になる人は少ないんだ。お母さんは女の人だから葵を産めたが、お父さんと春樹は男の人だから、葵の妹や弟は産めない」

「そうなの?」

「ああ。だから、男の人同士の家族を、本当の〝家族〟だって、他の人から認めてもらえることの方が少ないんだ」

「……なんで?」

葵は拗ねたように唇を尖らせ、未だ立ち竦んだままの瀬名の父親の背中と、優しく語りかけてくる水野とを代わる代わる見つめ、そしてことりと首を傾げた。

「お母さんは帰ってこないけど、はるくんは帰ってきてくれるもん。妹も弟もいらないから、あたしははるくんがいい」

はっきりと——幼い声が言う。

その場のだれもが、葵の言葉に胸を締めつけられていた。

葵は笑う。

照れたようにはにかみながら、それでも自慢げに胸を張る。

「あたし、はるくんとお父さんがいちばん好きだよ!」

葵の笑顔から、ぱっと瀬名は顔を背けた。水野は、その眼に薄い涙の膜が張っていることに気づく。

「とうさん」

瀬名の声は、およそ水野が耳にしたことがないほど震えていた。

「ごめん。……ずっと勝手ばっかで、迷惑かけて、五年も音信不通で、ホントに勝手だって分かってる。でも――俺は、二人と一緒にいたい」

――好きなんだ、と。瀬名が言う。

葵と同じ、それしか言葉を知らない子どものような。単純で、真っ直ぐで、ひどく胸を締めつける声で。

「この二人と〝家族〟になることを、俺は――俺の父さんにも、許してほしい」

瀬名は、下げた頭を上げない。瀬名の母親の啜り泣きと、おばあちゃん？　と彼女を心配する葵の声が、静かな居間に響いていた。

やがて、瀬名の父親が襖を開ける。「父さん」と追い縋った瀬名の声が消えた直後に、父親はようやく唇を開く。

「……好きにしろ」

吐き出された言葉は、それだけだった。

襖を開け、今度こそ見えなくなった瀬名の父親の背中に、水野は無言で頭を下げ続けていた。

帰り際、瀬名の母親は玄関先まで水野たちを見送りに出たが、父親が姿を現すことはなかった。

車に乗りこんでしばらくの間は、今保育園で習っているという童謡を瀬名と一緒に賑やかに歌っていた葵も、二十分と経たないうちに夢の国へと旅立ってしまっていた。瀬名はチャイルドシートの上に薄いひざ掛けを載せ、「ん？」と不意に首を傾げる。

「めちゃくちゃ猫の毛付いてんな」

「あれだけ遊んで貰っていればな」

帰る時に葵は散々ユズと離れがたいと言いたげに、猫へと手を伸ばし続けていた。瀬名の母親も微笑ましげに「またいつでもいらっしゃい」と葵を宥める手伝いをしてくれてはいたのだが、これはしばらく『猫が飼いたい』とねだられるかもしれないと思った。

「頭良かったな、アイツ」

「ああ。品種は確かコラット、とか言っていたな」

「前飼ってた猫はバカだったんだけどなあ。鏡に突進してってたり、本棚の上で寝てたと思ったら寝相悪くて落っこちたり、すんげえ落ち着きなくてさ。みーちゃんって言って、」

「――なんだって？」

「あ？　だからみーちゃんだって。昔飼ってた茶トラ。すげー長生きしたんだけど、俺が高校んときに死んじゃって」

「そうじゃない。まさかおまえの口から『みーちゃん』なんて可愛い響きが飛び出してくるとは思わなかった」

「……おまえの座席蹴り飛ばしてやろうか」

「悪い」

軽く会話を交わしているうちに、瀬名の表情が次第に明るさを取り戻していく。ろくな相槌すら打てない自分であっても、きちんと家族の支えになれているようで、水野は少しだけそのことを誇らしく思う。

「——おまえの父親が、あそこまで怖い人だとは想像していなかった」

「優しい人だよ、普段は」と、そこで一度言葉を切り、瀬名は苦笑する。

「ただ、一回『これはダメ』って思ったことに対してだけはめちゃくちゃ頑固なんだよ、昔っから」

「そうなのか？」

「高校の進学先で一回だけ大揉めしてさ。あん時も確か、母さんがすげえ助けてくれて」

「そうか。……確かに、良い人だったな」

「惚れんなよ」

「馬鹿を言うな」

サイドウィンドウの向こうには、夜が広がり、見慣れない平坦な景色が続いている。信号の少ない一般道の先に高速の入口があることを確かめ、水野はちらりとバックミラー越しに瀬名の表情を窺う。

「安心した」

「なにが？」

「相当怒られたんじゃないのか？　その割に、思った以上にショックは受けていないと思ってな」

「うるせえな。おまえが言ったんだろ」

「俺？」

「そうだよ。――『分かり合えないことは、決して悪いことじゃない』って。俺が最初に親父に怒鳴られてすっげえ凹《へこ》んでた日に」

ぽつりぽつりと言う瀬名に、ようやく水野も合点がいく。一拍置いて「そうだったな」と相槌を打てば、「遅ェよ」と笑いながら雑にあしらわれてしまった。だがそれは、二人のいつも通りの会話のテンポだ。

「あれで、なんかちょっと軽くなったんだよな。正直、親父の手術の日も、すぐに休みは申請したけど……実際に行けるかは微妙なトコだったし。葵は『一緒にいく！』って言ってくれてたんだけどさ」

「軽くできたのなら良かった。俺も多少は、器用に喋れるようになれればと思っていたところだ」

「充分だろ。ここ最近のおまえ、割と安売りしてると思うぜ？　俺は」

「悪いがまったく思い当たらない」

「だよな。――いいよ。照れっけど、嫌なワケじゃねえから」

瀬名が言う『嫌なわけではない』が『嬉しい』とほぼイコールであることは、水野にもよく解っていた。したり顔で頷く水野をバックミラー越しに睨んでから、やがて瀬名は窓の外へと視線を移す。

「……母さん、おまえになんて言ってた？」

聞こえるか聞こえないかの声量で、瀬名は呟く。聞こえていなかったらそれで構わないと言いたげな、ひどく臆病な声色だった。

「そうだな。……話し合いをしたかったんだが、どちらかというと俺が一方的に自分の考えを押しつけたような形になってしまったから、申し訳ないことをしたと思っている」

「おまえが？　喋りすぎたワケ？　珍し」

くすくすと控えめに笑い声を響かせ、「なんて言ったんだよ」と瀬名が問う。

水野はさしてなにも考えず、高速のインターチェンジを潜りながら唇を開く。

「おまえがいたから俺は幸せになれた、今度は俺がおまえと葵を幸せにしたい――と」

「は？」

途端に、瀬名は絶句する。あんぐりと開けられていた間抜けな唇は、やがてじわじわと笑みの形に歪み、次の瞬間に堪えきれないとばかりに盛大な笑い声を出した。

「――ッ、ははは！　マジかよ！」

「おい。葵が起きる」

「いや、だって！　おまえそれっ、プロポーズみてえなモンじゃねえかよ！」

「そのつもりでいたが」

「――はい？」

「行きの道で『腹を括った』と言っただろう」

まさか通じていなかったのかと後部座席の瀬名を見れば、今しがたまで浮かべられていた笑みをすっかり消し去り、彼は真顔になっていた。

「……おまえさ」

「なんだ？」

「そういうのって、普通は先に本人に言わねえ？」

「おまえ本人よりもおまえの両親のハードルの方が高そうだったからな。滅多に会える機会もないし、次があるかも分からなかったから、先に宣言しておいた方が良いかと思っただけだ。それに、成り行きではあったが……やっと葵に俺とおまえの関係を説明することもできてよかったと思っている」

「俺の意思は？」

「嫌なのか？　てっきりおまえもそのつもりでいるものだと思っていたが」

あっけらかんと言い放った瞬間に、瀬名は無言で顔を覆った。不思議に思っていれば、まるで呻くような声で「このポンコツ」と吐き捨てられ、水野は振り返りそうになる首を必死に堪えた。

「おい、断るなら今の内に言ってくれ。――もう手遅れな気がしないでもないが」

「そうじゃねえよバカ！　もういいわ‼」

真っ赤になった頬と耳を隠すことすら諦め、怒鳴るように瀬名は言う。

大仰なほどにぜいぜいと上下していた肩の動きが収まった頃、ようやく瀬名は顔を上げ、

「俺が断るとでも思ってんのか」となんとも瀬名らしい返答をくれる。

水野は、思わず声を上げて笑った。

◆

プロポーズしたからと言って日常に大きな変化があるわけではない。どちらかと言えば、瀬名が引っ越しをした時のほうが、私生活には変化があった。だから大丈夫だ――と水野

自身は考えていたが、それから一週間と経たずして「真顔で得体の知れねぇピンクのオーラ撒き散らしてくんのやめろよな」と吉澤に突っかかられたあたり、どうやらそう上手くは隠せていないらしい。その指摘と時を同じくして、長期の入院をしている年配の患者にも「水野先生、なんだか柔らかくなったねえ」と孫を見るような目を向けられるようになり、水野はプロポーズから十日以上遅れてようやく事の影響に気づき始めていた。

　いつも通り帰宅時間を記したメールを送り、医局を出る。梅雨明けを迎えた七月後半にスーツを着るのは厳しいものがあるが、これは白衣と手術着に次ぐ水野の戦闘服のようなものだった。夏用のジャケットを羽織り、ネクタイを締め、関係者用の自動ドアを抜ければ、蒸し暑い夏の空気がじわりと皮膚の上を這い、水野はつい首元のネクタイを少し緩める。時間は、二十二時を過ぎていた。

　ポケットの携帯はすぐに震え、メールの受信を水野に知らせる。本文に記されているのはそっけない『了解』の二文字だけだが、これは自分の帰りを待つ人がいるという何よりもの証明だった。そのことを実感した瞬間に、当直明けの疲れた身体が一刻も早く帰りたいと水野の脳に訴えかける。水野はバス停の時刻表を眺め、次のバスの到着が二十分後であることを確かめると、横断歩道の手前で客待ちをしていたタクシーへと乗りこんだ。

　運転手に自宅のマンションの名前を告げ、水野は静かに目蓋を下ろす。手っ取り早く休息を取りたい時は、眼を休ませるのが最も効率的な方法だった。

エアコンの効いた車内で僅かに滲んだ汗を冷まし、支払いを済ませて外に出る。いくらか時間は短縮されたとはいえ、深夜と呼んで差し支えない時間帯である。明日は休みのスケジュールになってはいたが、三か月後に迫る学会発表の資料もそろそろ纏めなければいけない。水野の鞄には、それらに必要な書類がぎゅうぎゅうに詰めこまれていた。

家でも仕事かと思うと気が滅入りそうになるが、山場を越えなければいつまで経っても家族とゆっくり休める時間は取れない。水野はエレベーターの中で深く息を吐き、できるだけ自分の中から疲労の気配を抜こうと努めた。帰りを待つ瀬名も、仕事を抱えながら必死に水野にできない家事をこなしてくれている。なにも、疲れているのは自分だけに限った話ではない。

玄関の鍵を開け、靴を脱ぐ。廊下の電気はもとより、リビングの電気も点けられているところを見るに、やはり瀬名は寝ずに帰りを待ってくれていたようだった。それだけで肩が少し軽くなるのだから、現金な身体になったものだとわれながら思う。音を立てないよう静かにリビングの扉を開け、水野は「ただいま」と瀬名を見る。だが、そこにいたのは瀬名ひとりだけではなかった。

「――葵？」

「んー……」

半ばぐずるように眼を擦りながら、葵が水野に「おかえり」を言う。その身体を膝の上に乗せ、瀬名も苦笑しつつ「おかえり」と水野を労った。

「結構遅かったな」

「ばたついて救命に駆り出されていた」

「え。大丈夫かよ」

「試験明けにはしゃいだ大学生が集団アル中で運ばれてきたんだ。全員大事にはなっていないが……それより葵はどうした？　もうとっくに寝ている時間だろう」

「――はあ？」

途端に瀬名は顔を顰め、少し怒ったように水野を見る。なぜ瀬名の機嫌を損ねてしまったのか判らず、水野は戸惑いながら瀬名の様子を窺う。

水野の様子に、瀬名は呆れたように肩を竦めた。

「……つーかおまえ、今日が何月何日だか覚えてんのか？」

「なんだ？　煮え切らないな。当直明けだから、七月……二十四か。もうすぐ五だが」

「んなこったろうと思ったよ」

あーあ、と呟いてから、瀬名は「やっぱお父さん忘れてんぜ」と葵に囁く。葵は瀬名よりもあからさまにむすっと頬を膨らませ、包むように握った両手を立ち尽くす水野へ差し出した。

「……なんだ？」

「プレゼント」と、葵は言う。

「お父さん、今日、誕生日だって言ったでしょ」

そこで水野はようやく合点がいき、勢いよく振り向くや否や壁に貼られたカレンダーを確かめる。今日は当直明けの水曜日で、七月の二十四日である。今日が紛れもない自分の三十五の誕生日であることと、一か月前に旅行先の宿でそれを告げたことを思い出せば「やっと気づいたか」と呆れたように言われ、水野は首肯するしかない。

「葵、お父さんに渡すまで寝ないって言ってずっと起きてたんだぜ」

「――そうだったのか」

水野は、腰を屈めて葵と視線を合わせる。ぎゅっと合わさっている葵の両手の中になにが入っているのかと思っただけで、水野の笑みも甘く和らぐ。

「ありがとう、葵。貰っていいか?」

「いいよ」

葵の眼は、相変わらず眠たげにとろりとしていたものの、やっと耳にすることができた『ありがとう』に、嬉しげに顔を綻ばせている。

やがて――ぱっと開かれた小さな両の手から落ちてきたものは、少し形が歪になった、折り紙でできた二つの指輪だった。

「お父さんと、はるくんにあげる」

「——葵」

「結婚したら、ゆびわ、するんでしょ？　おりがみの時間に、ようこ先生に教えてもらった！」

自慢げに胸を張る葵に、思わず水野の目頭が熱くなる。泣きそうになる目元を誤魔化すように、瀬名の膝に乗っている葵の小さな身体を抱きしめ、「ありがとう」と繰り返し囁く。葵を抱いている体勢からでは瀬名の表情は分からなかったが、おそらく瀬名も自分と似たり寄ったりの表情で眼を赤く染めていることだろう。

抱きしめていた時間はおそらく十秒にも満たなかったが、葵はすぐにことりと水野の腕の中で眠りに落ちた。それでも水野はそれからしばらくの間、眠った葵の身体を腕から離すことができなかった。

「……よかったな、オトーサン」

「ああ。——おまえも」

「やべえな。めちゃくちゃ嬉しいわ」

葵から貰った折り紙の指輪をしみじみと眺めたり、自分の指に嵌《は》めたりと、ひとしきり瀬名はそれを愛しげな仕種で愛でたのち、水野の腕から葵を受け取る。

「おまえも疲れてんだろ。風呂沸いてるから行ってこい」

「ありがとう。明日の夕飯は家で食べる」

「ん、了解」

ここで離れてしまうのは名残惜しいような気もしたが、色濃い疲労はじわじわと水野の身体を蝕んでいる。瀬名に葵を託してから、水野は二日ぶりにゆっくりと風呂で身体を温め、葵にプレゼントされた指輪の喜びを噛みしめていた。壊れないよう、失くしてしまわないよう、明日にでもケースを買って来ようと心に決めながら、さっぱりとした身体と気分で風呂場を後にし――そこで水野ははっとする。

――もしかしたら、プロポーズには指輪が必要だったのではないだろうか、と。

「……なんだおまえ、全裸で固まってんじゃねえよ。せめてパンツ穿けパンツ」

偶々トイレに立ち寄ろうと洗面所の近くを通った瀬名が、バスタオルを持ったまま硬直している水野に呆れた声をかけてくる。瀬名の声に促されて動きを思い出し、おざなりに身体の水滴を拭って下着とパジャマを身に着けていきながら、水野はつい笑ってしまう。

用を足し、リビングに戻ろうと再び洗面所の前を通った瀬名が、次は「はァッ!?」と素《す》っ頓狂《とんきょう》な声を上げた。

「マジでなんなんだよおまえ！　動いたと思ったら笑い出しやがって！」

「や、……っくく、おまえ、昔は裸を見ただけで前を隠せだのなんだのと赤面して喚き散らしていたのになと思って」

「――ッ！」

「成長したじゃないか」

「黙っとけ‼」

瀬名もその時のことを覚えているのか、急に顔を赤くして吼えた。どすどすと足音を響かせてリビングに戻っていった瀬名のあからさまな照れ方に笑いながら、水野も髪を乾かして洗面所を出た。

扉に背を向けて座っている瀬名の耳は、未だ仄かに赤く染まっていた。それほど恥ずかしいことを蒸し返してしまっただろうかと疑問に思いつつ近づけば、テーブルに置かれている見慣れない小箱に気づく。

さすがの水野も、このタイミングで『これはなにか』と問うほどの〝ポンコツ〟ではない。

「――おまえからか？」

「そうだよ」

俯きがちに瀬名は言い、ふい、と水野から顔を背ける。水野は「ありがとう」とできうる限りの優しい声で瀬名に礼を告げてから、細い紺色のリボンをするりと解いた。

中から現れたものは、またしても高級そうなベロア生地の箱だった。そこに刻まれているブランドの名前に眼を瞠りつつ固まっていれば、瀬名の視線が再び水野の両の眼を捉えた。

「……まさか葵も同じこと考えてるとは思わなかったけど……なんかちょっと、以心伝《いしんでん》心《しん》？　みたいで良いな」

「――春樹、」

「いいかポンコツ。よく聞けよ。――通るって分かってるプロポーズ決める時ってのはな、普通はこういうのもちゃんと用意しとくモンなんだよ」

瀬名らしい強気な口調とは裏腹に、水野の手から箱を奪い取る瀬名の眼つきは真剣そのものだった。開けられた箱の中には、シンプルなデザインのシルバーリングが収まっている。もはや礼すらも言うことができずにそれを見つめ続ける水野の手を取り、瀬名は自然な手つきで、それを水野の左の薬指へと嵌める。

未だ声も出せずに固まり続けている水野に、瀬名はついにくつくつと笑い声を漏らした。

「驚きすぎ」

「サイズは？」

「触って覚えた」

「……デキた男だな、おまえは」

「気づくの遅くね？」

「その通りだな。――ありがとう」

「ん。どういたしまして」

そう言って離された瀬名の手を見れば、ようやくその左の薬指にも揃いの指輪が嵌められていることに気づき、水野はぴたりと硬直する。

「おまえ、手にそういうモン着けるの嫌がりそうだし、一応チェーンとかも揃えといたけど、ッ⁉」

「悪い」

一瞬固まったはずの身体は、気づいた時にはすでに、瀬名の身体を抱きしめていた。

「説明、明日でもいいか」

「……おっまえ……」

嘆息混じりの声で呟かれたが、離せる気はまるでしなかった。やがて瀬名は白い天井を見上げ「しょうがねえヤツ」と口角を上げた。


すすり泣くような声が、水野の鼓膜を打ってくる。もしかしたら本当に泣かせているのかもしれなかったが、水野に瀬名を気遣える余裕はほぼ残されていなかった。あの意地っ張りで滅多に素直なところを見せてはくれない瀬名から、指輪なんて贈られて、まともな理性を保てというのが無茶な注文だった。

「っ、ぁ、ん、……っ、」

すっかり蕩けきっている声に微笑し、ねだるようにくねっている腰へと口づける。押し当てた唇で強く肌を吸い、腰骨のすぐ近くに真っ赤な所有印を残してから、唾液で濡らした右手の指をつぷりと瀬名の後孔に埋める。

「ぁ、ゃあ、っ」

「――本当に、おまえはいつも抜かりないな」

「うる、ッせ……！」

喘ぎ声交じりの悪態は照れ隠しに他ならない。濡らした中指を後孔に挿れ、中のぐあいを確かめてみれば、いつものように慣らされているそこは、さしたる抵抗もなく水野の指を呑みこんでいく。――帰宅の連絡が届いてから慣らしていては間に合わないということはつまり、あらかじめ瀬名も自分に抱かれるつもりで準備をしてくれていたということだった。

いったい瀬名はいつもどんな顔をして一人で指を挿れているのかと想像しただけで、水野の腰にも重い熱が溜まっていく。二本目のそれをぐっと奥まで挿しこめば、彼は微かに呼吸を詰める。奥へと進むにつれて次第に締めつけが強くなるのも、またいつものことだった。

「……ぁ、……ッ、く」

「おまえ、実は奥まで自分で触るのが怖いだろう」

「――ッ、」

指摘すれば、途端に瀬名は悔しげに目尻を赤らめる。わざとらしく水音を立てながら浅いところばかりを責めていれば、瀬名はすっかり蕩けた眼で「うるせえ」と悪態を投げ飛ばしてきたけれど、そんな視線を向けられてもこちらはただ煽られるだけだ。

「――んんッ！」

ぐっと前立腺を押し上げれば、噛み殺しきれなかった喘ぎが水野の鼓膜を愉しませてくれる。瀬名は淫らに腰を揺らし、足りない刺激を自分で補おうと頑張ってはいたが、水野が抱いてきた身体がその程度の刺激で満足できるはずもない。

「……ぁ、ぁ、っ」

「自分で焦らしプレイか。結構器用だな、おまえも」

「ッ、くっ、そッ、――ぁあ！」

素直じゃない態度にずぷりと根元まで指を押しこみ、そのまま動きを止めてしまえば、内壁は悦んで水野の指を締めつけてくる。瀬名は見開いた眼からぽろりと一粒の涙をこぼし、唇で空を食みながら、力なく開いた脚を水野の身体に巻きつける。

「……っ、ひ、博志」

「なんだ？」

「――ぅ、っ、おく、さわれ、って……！」

「分かった」

「っひ、ぁ、……ぁ、ッ、あ、あ」

　言われた瞬間に、奥に入った指で深いところを掻き回せば、瀬名の腰が浮く。汗の浮いた身体が、たった二本の指で翻弄されている姿は、いつ眼にしても水野の興奮を煽る。

「好きだ。——愛してる、春樹」

「っ、ひ、」

　吐息混じりに低く囁けば、内壁の締まりが強くなる。繰り返し名前を囁きかけながら、水野はふやけた指を引き抜き、すっかり勃ち上がっている自分のペニスへ手早くコンドームを被せる。

「——膝、自分で抱えていられるか？」

「ん……っ」

　こくりと頷く仕種から、理性の片鱗はもう見えない。瀬名は、身体に触れられながら言葉を使って責められると、容易くその理性を失う。

　腰の下に枕を押しこみ、入口に亀頭を擦りつける。たったそれだけで甲高い嬌声を漏らし、瀬名は水野の首へと縋りつく。震えながらしがみついてきた腕に満足感をおぼえつつ、物欲しげにひくついている後孔を割り開く。

「いれるぞ」

「——っ、——ッ！」

声もなく背を反らし、瀬名が水野のペニスを呑みこんでいく。目の前の乳首もまたペニスと同様に勃ち上がっており、悪戯に指先で掠めただけで彼は高く声を上げる。

「ャッ、ャあ、っ、……ッ、ぁ、あ」

「っ、」

ぎゅう、と甘やかな締めつけを喰らい、水野もまた静かに咽喉を鳴らした。瀬名の視線はぼんやりと宙を彷徨っており、水野の輪郭を捉えられているのかも怪しくなっていた。一度も達さないままここまで乱れているのは珍しいが、嬉しいことに変わりはない。

「――いつもより凄いな」

「ん、んんっ、ぅ、あ……っ」

誘うように揺れている瀬名の腰を掴み、一気に奥まで突き上げる。きゅうきゅうと締まる最奥を突くことなど、水野にとっては造作もない。

「っぅ、う、ぁ……っ」

ぐすぐすと泣いている瀬名の鎖骨に唇を落とせば、たかがキスの刺激さえ今の身体にはつらいのか、瀬名は大げさにびくりと身をわななかせ、まるで甘えているかのように「博志」と水野の名前を呼んだ。

「どうした?」

「っ、ぁ、も、っと」

「……は？」

　てっきり何事か悪態でも吐かれると思っていたせいで、一瞬言葉の意味を取り損なった。相槌も返答もなく、唖然と抽挿を止めた水野に焦れたのか、瀬名はさらに嗚咽を上げながら両脚で水野の腰を引き寄せる。

「っ、おまえ……ッ」

「あっ、ぁ、っ、あっ、」

　再び強く腰を掴み直し、最奥まで呑みこませてから、ぐっ、ぐっ、と亀頭で結腸の入口を責めれば、瀬名の唇の端から唾液がこぼれてくる。水野は親指の腹で瀬名の垂液を雑に拭ってやってから、きつく瀬名の身体を抱きしめ、耳元でその愛しい名前を繰り返す。

「春樹。――はる」

「――ッ!?」

　びくっ、びくっ、と断続的に身体を跳ねさせている瀬名は、きっと、そのペニスから精液を吐き出していることにもおそらく気づいていないだろう。

「……名前でイッたのは、さすがに初めてじゃないか？」

「あ、……え、っ？」

「いい。気にするな、はる」

「あう、っ、あ、っ」

呼ぶたびに締めつけを増す内壁を掻き分け、水野は抽挿を速めていく。瀬名は何度も首を左右に振っては声を上げ続けていたけれど、目の前で晒される瀬名の痴態に、水野の理性は根こそぎ搦《から》め捕《と》られていた。

「ぁ――っ、あ――……ッ」

「っ、」

一際高い声と共に、瀬名が達する。蠕動する内壁に促されるまま水野もまた瀬名の内側でゴムの中へ吐精し、荒く乱れた呼吸をゆっくりと整えていく。

「……身体、きつくないか?」

「――ん」

瀬名の眼はとろりと蕩けている。今にも眠ってしまいそうなあどけない表情に微笑してから、水野は瀬名の目蓋へ口づける。

「おやすみ」

とびきり甘い声で囁いてやれば、すぐにすとんと瀬名は眠りの中へと落ちていく。

水野はしばらく瀬名の寝顔を眺めてから、くたりと投げ出されている瀬名の左手を取り、その薬指に嵌められたままの指輪へ、音もなく静かにキスを贈った。

たった数時間の時間休とはいえ、平日の休暇の申請書類に筆を走らせたのは初めてのことだった。医局の人間はもとより総務課の人間もまた、水野が出した申請書類に目を剥いていた。

取得理由欄の記載は『私用のため』としたが、数時間であれ担当患者の外来診療を受けられなくなる手前、自分の穴埋《あなう》めを任されるチームの者や、医局の人間には〝私用〟の詳細を話しておく必要がある。緊急の連絡を受けられるか否かを把握してもらわなければならない以上、避けられないことではあったが、理由を説明した瞬間に向けられる視線の数を想像するだけで、水野は頭を悩ませた。

まさかあの水野博志が、娘の小学校の入学式のために一か月前に時間休の申請をする日が来るなど、院内の人間はだれも想像していなかっただろう。

師長からは生温かい目を向けられ、純朴な研修医からは「水野先生ってお子さんいらしたんですね」と言われ、水野はなんとも言い表せない複雑な感情を抱きはしたが、おめでとうございます、とかけられる言葉はむず痒くも嬉しいもので、水野は礼を述べると共に「なるべく早く出勤しますので」と各所に頭を下げて回っていた。

葵は葵で瀬名に対する甘え癖が抜けず、保育園の卒園式の練習が始まるや否や小学校に行きたくないと散々駄々《だだ》を捏ねたと、苦笑する瀬名から聞いていた。甘え癖を抜くにはどうしたら良いか、小学校が楽しい場所であることを教えるにはどうしたら良いかと頭を悩ませていた瀬名に助け舟を出してくれたのは、瀬名の母親であったという。

彼女は、瀬名の小さい頃の写真や卒業アルバムを今でも大事に保管していたらしい。実家に瀬名と葵を呼び、それらを葵に見せ、小学校に対する恐怖心を払拭《ふっしょく》させようという狙いのようだった。

彼女の狙いは見事に的中し、帰宅してからの葵は「はるくんもランドセルしょってた！」とはしゃぎながら入学式の日を待つようになっていたが、大昔の写真をこれでもかと広げられた瀬名は堪ったものではなかったらしく、それからしばらくは「なんであんなモン取ってあるんだ」という照れ隠しの愚痴《ぐち》を水野相手に垂れ流しては、「おまえがいなくて良かった」としきりにぼやき続けていた。――当然、水野は『次は俺も見せてもらおう』と心に決めていたのだが、瀬名にそれを知る由はない。

入学式は四月六日の金曜日に行われ、授業は翌週の月曜日から始まる。入学が決まっている小学校の説明会を受けてきた瀬名は、二月末からずっと学用品の準備に追われ続けていた。瀬名を手伝おうとはしたものの、卒園式にオペが入っていて休みが取れなかった水野は「おまえは入学式の日に時間休が取れればそれでいい」と一蹴《いっしゅう》され、葵と一緒に届いたばかりのランドセルを抱きかかえながら、葵に時計の読みかたを教えていた。

葵はまだ、長針が示す〝分〟を理解できておらず、長針が文字盤の一を指したらなぜ〝五分〟なのか、と子どもらしい疑問を口にしては、そのたびに水野を困らせていた。手近なところにあった段ボールを切り、自分でくるくると針を回すアナログな時計を作って一緒に時間の勉強をした時は、携帯のカメラで隠し撮りをされたほど、それは瀬名にとっては衝撃的《しょうげきてき》な光景であったようだった。時計が読めなくては小学校で大変だろうという水野なりの親心だったのだが、どうやら未だ瀬名の中にある水野のイメージは〝ポンコツ〟が八割を超えると見えたが、これればかりは長い時間をかけて自力で払拭していくしかないと、苦笑したこともまた良い思い出である。——水野の頑張りの甲斐あって葵が時計を読めるようになったのは、入学式が間近に迫った三月末のことだった。

桜前線は三月二十五日に東京の頭上を通過し、四月三日に満開を迎えていた。入学式の前日の雨予報が、満開を迎えた花びらを散らしてしまうのではないかと瀬名は柄にもなく気を揉んでいたようだったが、風を纏わない優しい小雨は樹を撫でるのみで、桃色の花は細い枝の上で僅かに残る雨露を光らせていた。

小学校の正門に掲《かか》げられている〝入学式〟の看板の前には、瀬名の母親が着物姿で立っていた。瀬名が実家に赴いた際に入学式の日取りを伝えていたことは耳にしていたけれど、まさか晴れ着姿で足を運ぶとは瀬名も思っていなかったようで、瀬名は照れたように「どんだけ楽しみだったんだよ」と笑い、葵は初めて目にする着物に「あたしもほしい！」と興味津々に彼女の周りを回って、初めて背負うランドセルを得意げに自慢し続けていた。

瀬名の父親は姿を見せていなかったが、「おめでとう」の言伝《ことづて》は彼女がしっかりと預かっていたようだった。この歳になると素直になることのほうが難しいのよ、と訳知り顔で苦笑する彼女に、瀬名も苦笑で応じると同時に感慨深げに空を見上げ、「そっか」としみじみ呟いていた。そのそっけない、たったひと言の相槌にこめられた思いを察し、水野の目頭にもまた熱いものがこみ上げてきたが、今日の主役はまぎれもなく葵である。水野も瀬名も一度咳払いをしたのちに葵を手招《てまね》き、雲ひとつない青空の下で一枚の写真を撮ってもらう。——男二人に挟まれていた葵の姿に、通りすがりの母親から首を傾げられもしたが、きっと三人ならどんな未来も乗り越えていけると、水野は深く頷いた。

次に水野が、瀬名と瀬名の母親と葵の三人の写真を撮る。画面に映し出された三人の笑顔を見つめたのちに、水野は優しく葵の柔らかな髪を撫でた。そろそろ、入学式の時間が迫っている。

「……後ろにちゃんといるからな。怖くなったら探すんだぞ」

「うん！」

新品の赤いランドセルを背負い、左右に、葵の手のひらが振られる。

その小さな手を愛することができる喜びを噛みしめながら、水野も手を振り返す。

——何気ないひとつの挨拶から始まり、生み出される〝家族〟の幸せもある。

水野は、そのことを知っている。

その幸福のかたちを教えてくれた人は、今、ほんの少しだけ大人に近づこうとする葵の手を、励ますように握ってくれている。

瀬名の視線が水野を捉える。

唇はゆるりと微笑を描き、細められた眼が甘くやわらぐ。


「お父さん、いってきます!」


葵が言う。

水野は応える。


「——ああ。いってらっしゃい」

End.

アフター・レポート

――『家出します。探さないでください。はるくんからの電話には出ません』という置き手紙のみを残し、その日、葵《あおい》は一人で家を出た。朝からわんわんと鳴き続けている蝉《せみ》の声が、半袖の腕を照らしつける陽の温度を、さらに高めているような気がする。

夏休みも終わりが間近に迫った、八月の下旬のことである。葵は耳にイヤホンを突っこみ、お気に入りのアーティストの新曲を聴きながら、初めての〝家出〟に少しの緊張をおぼえつつ、ターミナル駅の窓口に向かう。もしかしたら駅員に家出を見抜かれてしまうのではないか、と少しはらはらしたけれど、駅員はまったく気にすることなく片道分の金額を事務的な口調で口にした。片道五千円以上かかる道のりを一人で歩むのは、中学二年にして、これが初めてのことだった。

肩から下げたボストンバッグには、数日分の着替えが詰めこまれている。プラットホームに流れこんでくる車両に乗りこみ、終点の駅で乗り換えて、快速急行で一時間。さらにまた各駅停車に乗り換えて……と、いつもなら車で向かう道のりを電車で進んでいるうちに、車窓の外側の空は夕暮れに近づきつつあった。あと二時間も経たないうちに、春樹《はるき》はテーブルの上の書き置きに気づくだろう。携帯のディスプレイに表示される時間を見るたびに、葵の抱く緊張感も、じわじわとその質量を増していく。

家出と言ったところで、中学生である葵が一人で足を伸ばせる場所は限られていた。毎月渡されるお小遣いでは外泊をするには足らず、葵名義の口座の貯金も自由に扱えるわけではない。――それに、葵自身、本気で行方不明になって、家族に心配をかけるつもりはなかった。

目的の駅で降りれば、ひぐらしの大合唱があたりいちめんに響いていた。遠くの山あいをオレンジ色に染め上げている夕焼けの美しさに目を奪われながら、葵はポケットから携帯を取り出し、電話をかける。もちろん相手先の番号は、自宅でも春樹でも、父親の博志《ひろし》のものでもない。

ツーコールが過ぎてから、「もしもし？」と、優しげな女性の声がする。葵は、気づかないうちに入っていたらしき肩の力を抜き、ほっと安堵の息を漏らした。

「もしもし、おばあちゃん？　葵だけど」

「葵ちゃん？　どうしたの急に」

「うん。いきなりごめんね」

春樹に替わってもらったことは多々あったが、葵から祖父母の家に電話をかけることは滅多にない。というよりも、これが初めてのことだった。

「今ね、大桑駅《おおくわえき》にいるんだけど……ここからおばあちゃんの家までって、どうやって行ったらいいかな？　バスとか出てる、かなあ？」

「えっ？」

祖父母の家の最寄りが大桑駅であることは、グーグルマップで調べることができていた。

だが、葵が春樹や博志とともに春樹の実家へ帰る時は、いつも自宅から車を使っている。大桑駅は確かに最寄り駅ではあるけれど、祖父母の住む家までの道のりは、ナビによると、徒歩で四十分かかるらしい。道に迷う可能性がかなり高い。

「大桑って……電車で来たの？　春樹か、お父さんは？」

「駅くらいまでなら、あたしもう一人で来れるよ」

「一人なの？」

「うん。あたしだけ」

電話口で困惑している祖母に、ここにきてひどい罪悪感が湧く。だが、いざ葵が行動に移せる家出先といえば、ここしか思い浮かばなかったのだ。

「……はるくんとケンカして、家出してきちゃった」

「――えっ⁉」

これほど驚愕している祖母の声は、初めて耳にするものだった。彼女の背後から漏れ聞こえた「どうした？」という祖父の声に、葵は、ぎゅっとボストンバッグの肩ひもを握った。


十分後、祖父母の車に乗れば、出迎えてくれた祖父も祖母も穏やかな雰囲気で、葵は拍子抜けをした。祖母はいつも笑顔を絶やさない人だったが、祖父は気難しげな表情をしていることのほうが多い。てっきり開口一番に叱られるとばかりに思っていた葵は、後部座席から運転席の祖父の表情を盗み見つつ、内心で首を傾げていた。

「葵ちゃん、夕飯はなにが食べたい？」

「あっ、……えっと……なんでもいいよ？」

「そう？　次に会えるのはお正月だと思ってたから、顔が見れて嬉しいわ。夏休みはいつまで？」

「三十一日まで。一日に始業式だから」

「あと少しねえ。宿題は終わったの？」

「うん」

「えらいじゃない。部活も忙しかったんでしょう？　次の部長さんになったんだって春樹も嬉しそうにしてたわよ」

「……うん。でも、支部大会には進めなかったから、予定より早く時間ができたし」

そう応えながら、葵は窓の外へ視線を移す。葵がどんな夏休みを過ごしてきたのか、祖父母も春樹から聞き及んでいるのだろう。物思わしげに黙った葵に、祖父母もそれ以上質問を重ねてくることはなく、夕飯の献立《こんだて》はなにが良いかという、とりとめのない話題に戻してくれた。その優しさに、葵は内心で頭を下げる。

小学校高学年で吹奏楽部《すいそうがくぶ》に入部して以来、葵は今も同じ部活を続けていた。楽器が花形のトランペットということもあり、ソロを吹く機会も多くある。中学でもトランペットを吹くと言った時に、二人がプレゼントしてくれた銀色の楽器は、何物にも代えられない葵の大切な宝物だった。

葵が吹奏楽を始めてからというもの、春樹は学校や地域の演奏会があるたびにビデオとレコーダーを手に駆けつけ、後日、嬉々とした表情で博志にそれを見せていた。

博志は、春樹ほど時間に融通《ゆうずう》が利くわけではない。年に一回のコンクールも、会場で聴いてもらうことができたのは、一昨年の一度だけだった。部長として壇上《だんじょう》に立つ来年こそは行くと言ってくれてはいたけれど、それを本気で信じるほど、葵はもう子どもではなかった。期待していないと言ったら嘘になるけれど、自分の父親がどんな仕事をしているか、葵はきちんと理解している。

だからこそ、会場に来られない父親にも、結果だけは笑顔で伝えたかったのに……と、未だ消し切れない悔しさを抱きながら、「着いたわよ」という祖母の声に促され、葵はゆっくりと車から降りる。

葵の中学校は、栄《は》えある金賞を獲得してこそいたけれど、次のステージとなる支部大会に駒を進めることはできなかった。

その悔しさをきっかけに、葵は自分の進路希望を決めつつあったのだが――まさか厳しい父親の博志ではなく、自分にとことん甘い春樹から猛反対《もうはんたい》をされるとは思わず、気づいた時には大ゲンカにまで事態が発展してしまっていたのだ。父親に似たのか春樹に似たのか、あるいはその両方か、葵は負けず嫌いで頑固な性格をしている。それこそ、ケンカをした翌日に、家出という強硬手段《きょうこうしゅだん》に出るくらいには。

葵は玄関の敷居を潜りつつ、昨晩のやり取りを思い出し、僅かに唇を尖らせる。

「おじゃまします」

「ゆっくりしていってね」

「……ねえ、おばあちゃん。はるくんにあたしのこと言った？」

「言ってないわよ？」

「……えっ？」

連絡をしないで、と頼み忘れていた以上、とうに春樹には連絡されているのだと思っていた葵は、靴を脱ぎかけの半端な体勢で眼を見開いて固まった。祖母は、ふわりと優しげに笑みを深める。

「最初は驚いたけど、家出なんでしょう？　私たちから葵ちゃんの居場所を伝えちゃったら、葵ちゃんの家出にならないじゃない」

「……あ、ありがとう……」

「もちろん、春樹から連絡がきたら教えるけど……葵ちゃんだって、家出先にうちを選んだのだから、それくらいは許してくれるわよね」

「うん。迷惑かけて、ごめんね」

「——なんだ、そんなところで立ち話なんてして」

駐車場に車を停め終えた祖父が、未だ玄関で立ち話をしている葵に不思議そうな目線を向けていた。葵は慌てて靴を脱ぎ、きちんと揃え直してから、祖父にも「おじゃまします」と頭を下げる。怖い人ではないということは分かっていたが、どうにも葵は昔から、祖父が発する威圧感にだけは苦手意識を持っていた。

「いい。遠慮せずに上がりなさい」

「はい。……あの、ごめんなさい、急に」

「遠慮はしないでいいと言っているだろう。ゆっくりしていきなさい」

武骨な声だったが、言葉の内容は祖母とまったく同じだった。葵はほっと肩の力を抜き、祖父と祖母に続いて居間へと続く廊下を進む。網戸から流れこんでくる夕方の風は、自宅のマンションで感じるものよりもうんと涼しく、どこからともなく漂っている蚊取り線香の匂いもまた、葵に〝夏〟を感じさせてくれている。

「あっ、ユズさん!」

居間に入ると、座卓の下に一匹の猫が丸まっていた。葵が声を上げると、猫は薄っすらと黄緑色の瞳を覗かせ、小さくにゃあ、と一声鳴いた。小学校低学年の頃までは『ユズちゃん』と呼んでいたけれど、春樹から「猫は歳を取るのが早いから、ユズは葵よりもずっとずっと大人なんだぞ」と教えられて以来、さん付けで呼ぶ癖がついてしまっていた。

「ユズさん元気？　夏バテしてない？　ご飯ちゃんと食べてる？」

　くるくると喉を撫でてやりながら問えば、黄緑色の目が心地よさげに細まった。ぐるぐると鳴らされる喉の音に葵が笑みを深めていれば、喋ることができないユズの代わりに
「食欲は落ちちゃったのよねえ……」と、祖母がお茶を淹れながら応じてくれる。

「病院に行くほどじゃないんだけど、やっぱりこのあたりも暑いから……。ユズももう、私と同じおばあちゃんだからねえ」

「ユズさん、何歳だっけ」

「十一歳ね。人間でいうと六十歳くらいだから、そう思うといつの間にか、私と同じくらいになっちゃったのね」

「――そんなになるか」

「ちょっと。可愛がってる飼い猫の歳くらい覚えていてくださいよ」

　夕刊を読みながら会話に加わってきた祖父に、祖母が呆れたように肩を竦める。どことなく父親と春樹を彷彿《ほうふつ》とさせるやり取りに、葵は思わずくすりと笑った。

「それで、葵ちゃん」

「っ、はい」

「責めているわけじゃないのよ。でも、やっぱり私たちも、家出の理由が気になるから。

どうして春樹とケンカになったの?」

「……えっと、」

差し出された煎茶《せんちゃ》の茶碗を気まずげに指先で弄びながら、葵はしばらく言葉に迷う。普段なら、食事の時間以外は奥の間にいる祖父が、すぐ近くで耳を傾けていることもあって、その緊張感もまた一入《ひとしお》だった。

「あたし、トランペット吹いてるでしょ……?」

「去年の演奏会も素敵だったわあ。今年も聴かせてもらえるのかしら」

「あっ、うん。もちろん、学校の定期演奏会なら楽に入れると思うから」

本当はコンクールも聴きにきてほしかったけれど、年に一度の大会とあって、コンクールの会場には朝から多くの父兄が並ぶ。元気な祖父母とはいえ、真夏の炎天下《えんてんか》に朝から並んでもらうのは気が引ける上に、演奏曲は二曲しかない。その点、学校が主催で行う定期演奏会は、入場のための列もなければ葵も壇上に立ちっぱなしだ。葵としても、去年に続き、今年も父親と春樹だけでなく、祖父母にも招待状を出すつもりでいた。

「それで、えっと。うちの中学、去年も今年も金賞は獲ってて、プロのオーケストラの人も、特別顧問で色々教えてくれてるんだけど、次の支部大会には進めてなくて、それがすっごい、本当にすっごい悔しくて……でも、悔しいから、もっともっと上手くなりたいなって思ってて」

「うん、うん」

「部活も好きだけど、あたし、トランペットが本当に大好きだから……来年の受験、音楽大学付属の高校を受けたいって、話したら……はるくんが、それは、だめだって」

ぐす、と、思わず葵は洟《はな》を啜《すす》った。さりげなく、けれど素早く祖母から差し出されたティッシュの箱をありがたく受け取り、葵はすぐに目元を隠した。

遅れてやってきた悲しみが、葵の涙腺を音もなく静かに決壊させていた。春樹は、葵が晴れ舞台に立つとあらば一目散《いちもくさん》に会場に駆けつけ、なかなか会場まで足を運ぶことができない父親のためにも、いつも一心にビデオを回してくれていた。自宅の棚には、ディスクに焼かれた映像がきちんと年月日順に並べられているほどだ。初めてソロを貰えた時や、プロのオーケストラの先生から褒められた時は、まるで自分のことのように一緒に喜んでは、葵が伝えるよりも先に父親へそのことを話してしまうくらいだった。春樹と父親が好きだと言ってくれた曲は、たとえ相手が先輩であろうとも、部内で自分がいちばん上手に吹けるという自信もある。春樹と、父親が喜んでくれるからこそ、葵はどんどん音楽が好きになったのだ。

だからこそ、進路の相談を持ちかけた時——今までずっと葵の背を押してくれた春樹に否定されるとは思わず、葵は頭が真っ白になっていた。

「——はるくん、ずっと、がんばれって、いちばん言ってくれたのに……っ」

「ああ、泣かないで。泣かないで、ね？」

「『好きなだけじゃだめだ、将来のことだ』って……はるくんだって、はるくんだってっ、好きで、好きだから、お父さんとずっと一緒にいるくせに……っ！」

「ぶ、ッ」

ずっと静かに話を聞いているだけだった祖父が、そこで小さくお茶を噴き出す。祖母から咎めるような視線を向けられ、すぐに祖父は夕刊を広げて顔を隠したけれど、その表情が複雑そうに歪められていたことに気づき、葵は慌てて涙を拭った。

「――ごめんなさい……」

「いいのよ。今は葵ちゃんのお話を聞く時間なんだから」

少し冷静になった葵に、祖母がお茶のおかわりを注いでくれる。父親も春樹もコーヒー派なこともあり、自宅では滅多に口にする機会のない煎茶の味が、興奮していた葵の心をゆっくりと和らげていく。

「そのお話をしていた時、博志さんはいたのかしら？」

「ううん。お父さんが帰ってきたときは、もうケンカになってて……」

「あらあら。博志さん、びっくりしてたんじゃない？」

「うん。すっごく」

帰宅そうそうに春樹との大ゲンカを目の当たりにした父親の表情は、きっと一生忘れることはないだろう。春樹と父親のケンカは日常茶飯事だったけれど、葵が春樹とケンカをしたのはこれが初めてのことだった。

「もうね、おろおろしてたよ。あたしとはるくん、どっち止めたらいいのかも分かんなかったみたいで、しばらくじっと立ったまま目だけ泳いでて」

「ふふっ」

「……でもね、あたしの進路の話だって分かったら、お父さん、あたしに『いいぞ』って、『葵の好きなように頑張ってみなさい』って言ってくれて」

「あら。良かったじゃない。博志さんがそう言ってくれたなら、春樹も強く出られないいんじゃないかしら」

「うん。そう、なんだけど……」

葵はそこで言葉を切り、春樹の表情を思い出す。葵もその時は、反対されると思っていた父親に背中を押され、逆に反対されるとは思ってもみなかった春樹にダメだと言われて混乱していたが、今思い出してみると、春樹もまた自分と同じくらい、複雑で悲しげな表情をしていたと分かる。

「でも、はるくん、そしたら『葵の将来のことなんだぞ』って、お父さんに怒っちゃって」

「まったくあの子は」

「――あたしが、お父さんとはるくん、ケンカさせちゃった、から……」

そこまで言って、またじわりと涙を滲ませた葵に、祖母はにっこりと笑みを深める。

「大丈夫。博志さんは優しい人だから、それくらいで春樹のことを嫌いになったりはしないはずよ」

「そうかな」

「私たちより、葵ちゃんのほうがよく知ってるんじゃないの？」

「……うん」

ケンカするほど仲が好い、とは、春樹と父親のことを指した表現なのではないかと思ってしまうほど、今でもことあるごとに小さな言い争いをしている二人である。葵としては、春樹に対しては『もっと優しい言いかたをしてあげればいいのに』と思い、父親に対しては『どうやったらこんなにはるくんを怒らせられるんだろう』と思う日々と言ってもいい。――それでも、毎日「ただいま」と「おかえり」だけは欠かさずに言っている二人の姿を見るのが、葵はたまらなく好きだった。

「でも、やっぱり、あたしがケンカさせちゃったのはホントだし……」

「春樹にも困ったものね。自分がされて嫌だったことを葵ちゃんにしちゃうなんて」

「……え？」

涙に濡れた眼を葵がきょとんと丸くすれば、今まで静かに座っていた祖父が、素早く夕刊を畳んで席を立った。てっきりトイレに行くのかと思いきや、祖父はそのまま奥の間へと立ち去ってしまう。葵が呆気に取られながら祖父の背を見送っていれば、祖母はさも可笑《おか》しいと言いたげに、くすくすと肩を揺らして笑った。

「お父さんと春樹もね、高校受験の時に大ゲンカしたのよ」

「――えっ！」

祖母が言う『お父さん』は祖父のことである。思いもよらない昔話の始まりに、葵の涙は瞬く間に引っこんだ。

「おじいちゃんとケンカしたの？　はるくんが？」

「そうよ。春樹はね、情報……情報、処理科？　だったかしら。そんな科がある県外の総合高校に行きたがったんだけど、電車とバスで二時間くらいかかる高校だったの。私もお父さんも、春樹がその高校でなにがしたいのかちゃんと分かってあげられなかったし、そんな遠い高校で、もし部活まで始めちゃったら、帰りがすっごく遅くなるでしょう？」

「二時間!?」

「ねえ？　そんな高校を見つけてくる春樹も春樹だけど、お父さんも素直に『帰りが遅くなるから心配だ』なんて言える性格じゃないから、『おまえの成績なら、近くのもっと良い高校にも行けるだろう』なんて言いかたしかできなくて。それでもうみるみるうちに大ゲンカ」

「うわあ」

中学生の頃の春樹を葵は当然知らなかったけれど、それを言われた当時の春樹の反応はなんとなく想像することができた。きっと肩をいからせながら、それでも眼は哀しげに、じっと祖父を見つめていたことだろう。

「……それで、どうなったの?」

「おばあちゃんが止めましたとも」

「すごい」

「その夜、お父さんと私とでずーっと春樹の話をして、春樹の人生だから、春樹の好きなようにさせてあげましょうって説得して、春樹が行きたがってた高校に行かせてあげたのよ。――きっと〝家族〟って、そうやって上手にバランスを取るものだと思うの」

言い聞かせるように告げられ、葵ははっとする。

祖母は、優しく葵を見つめる。

「昨日、葵ちゃんが寝たあとも……きっと、春樹と博志さんの二人で、ずーっと葵ちゃんの話をしていたんじゃないかしら」

葵は、きゅっと唇を噛む。夜通し顔を突き合わせ、ああでもないこうでもないと言葉を交わしている二人の姿は、葵もすぐに思い浮かべることができた。――もしかしたら、春樹も。かつての祖父のように、家族の説得を受け入れて、改めて話をするタイミングを計ってくれていたのかもしれない。だとしたら、家出などという強硬手段を取ってしまった自分が、ますます身勝手でわがままな存在に思え、急に葵は恥ずかしくなった。

「……あたし、」

「良いのよ。子どもは我《わ》が儘《まま》で手が掛かるくらいが可愛いんだから」

そう笑われた時に、祖父母の家の電話が鳴った。びくっと大仰《おおぎょう》に身を強張らせた葵を安心させるかのように、はいはい、と軽く声を出しながら、祖母は受話器を取りに腰を上げる。

葵もまた、自分の携帯を確かめる。書き置きに『はるくんからの電話には出ません』と書き足したからか、そこに春樹からの着信やメールはなかったけれど、かわりに博志からのメールが一通だけ入っていた。

緊張で、携帯に触れる指が少し震えた。おそるおそる文面を確かめれば、そこには『おばあちゃんの家にいるのなら、明日の夜にでも帰ってきなさい。お父さんも早く帰ります。春樹のことはお父さんがなんとかするから、あまり気にし過ぎないように』と、どこまでも葵の行動と心境を見透かした内容が書かれており、葵は思わず、深い安堵の息を吐いていた。

祖母は、電話口でしきりに「うちにいるから」「そんなにぎゃーぎゃー騒がないの」と繰り返している。通話をしている相手は決まったようなものだ。家出をしたのは葵自身だったが、家族に居場所を知られた瞬間に、どっと全身の力が抜けたような気がした。

葵の気持ちの変化を敏感に感じ取ったのか、座卓の下で丸まっていたユズが、するすると葵の近くに忍び寄っていた。その撫で心地の好い毛並に触れながら網戸の外へと視線を遣れば、いつの間にか、外はとっぷりと夜になっていた。

大合唱を響かせていた蝉の声は消え、りんりんと鈴虫が鳴いている。

涼やかなその音色を聞きながら、葵は博志のメールの返信に『ごめんなさい。ありがとう。明日、絶対に帰ります』と、未だかつてないほどたどたどしい文章を打ちこみ、送信のボタンを押した。

◆

翌日、葵は、前日と逆の道順を辿りながら帰路に着いていた。春樹からの電話を取った祖母いわく、春樹はすぐにでも葵を迎えに飛び出してきそうだったらしいが、『子どもの家出は自分で家に帰るまでが家出』だと言い聞かせてくれたようで、葵は祖父母の家で夏休みの最後に、予定外のお泊りをすることになった。ここ最近は部活が忙しかったこともあり、小学生の時ほど頻繁《ひんぱん》に、祖父母の家に遊びに来ていたわけではなかった。家出をした身でこんなことを言ったらバチが当たるかもしれなかったけれど、予定外の祖父母の家のお泊りが、楽しくなかったと言えば嘘になる。

帰りの電車のおやつ代にしなさい、と渡されたお小遣いは、むしろ葵の一か月のお小遣いよりも多く、一切手をつけずに大事に鞄の底へ仕舞ってある。これは父親と春樹に言ってからじゃなければ使ってはいけないお金だということを、葵はちゃんと理解していた。

いつも春樹宛てに届いている帰宅時間を知らせるメールが、今日は葵の携帯にも入っていた。八時には帰ります、と書かれた文面に了解の返信を打ち、葵はターミナル駅のカフェで少し時間を潰してから、父親よりも少し遅く自宅に着くタイミングのバスに乗る。いつもは春樹を怒らせてばかりの鈍感な父親が、春樹のみが待つ家に帰る自分の気まずさを解ってくれているということが、葵にはとても心強かった。

それでも、自宅のマンションが見えた頃から、葵の心臓はばくばくと大きく脈を打っていた。初めて貰ったソロを舞台で披露《ひろう》した時だって、これほど緊張したことはない。今にも祖父母の家に向かってUターンしてしまいそうになる足を叱咤《しった》しながらエレベーターに乗り、ひどくゆっくりとした足取りで自宅に続く廊下を歩く。いつもなら一分とかからないそこを、何度もうろうろと彷徨ったせいで、ドアの前に立つまでに、ゆうに三分以上の時間が必要になった。

毎日開け閉めしている自宅のドアを、これほど開けにくく感じることもまた初めてだった。心臓の音は、大きくなりすぎて、もはや自分では聞こえなくなっている。葵はたどたどしく深呼吸をし、意を決してドアを開ける。鍵がかけられていないことは、確かめるまでもなく分かっていた。

がちゃりと響いたドアノブの音が聞こえたのか、あるいはずっと耳をそばだてていたのか、葵が玄関に足を踏み入れた瞬間に、リビングから春樹が飛び出してくる。まさしく顔面蒼白といった表情に、葵もぐっと唇を噛む。ひどく心配をかけたことが、ひと目見ただけですぐに解った。

無言で立ち竦む春樹の背後から、やがて博志も顔を出す。未だに靴すら脱がず、玄関で棒立ちになっている葵に呆れたように苦笑してから、父親は、いつもの静かな声で葵の名前を呼んだ。

「葵」

「っ、」

「家に帰ったらなんて言うんだ?」

叱るでも怒るでもない、優しく促すような声だった。葵は慌てて眼を擦り、今にも頬を滑り落ちかけた涙を拭う。

「……ただいま」

「うん。おかえり」

葵と博志のやり取りを耳にした瞬間に、春樹がどっとフローリングに座りこむ。膝から力が抜けましたと言わんばかりのその勢いに、葵も慌てて靴を脱ぎ捨て、春樹の前に駆け寄った。

「は、はるくん。ごめんね。ごめんなさい」

「――おっまえ、ほんと……マジで、」

「ごめんなさい……」

「ちがう。そうじゃなくて……いや、ほんとに、マジで心配はしたんだけど。めちゃくちゃ心配したんだけど、そうじゃねえ。違くて」

いつもはっきりと物を言う春樹とは思えないめちゃくちゃな言葉が、その心配と安堵の具合を如実《にょじつ》に伝えてくるようだった。再び泣きそうになった葵の気配を察したのか、春樹はゆっくりと呼吸を調えてから、するりと葵にその腕を伸ばし、ぽんぽんと軽く頭を撫でた。

「俺も、ごめん。おかえり」

「――うん」

頭を撫でられたのは久しぶりだった。小さい頃はよくしてもらっていた記憶があるが、中学に上がってからは一度もない。昔とまったく変わらない安心感にぼろりと大粒の涙をこぼせば、春樹は苦笑しながら葵の涙を親指で拭い、ようやくフローリングから腰を浮かせた。

「飯、まだだろ？」

「……うん」

「食べながら話そうぜ。俺も腹減ったし」

「うん」

もはや頷くことしかできない葵に口元の笑みを深めてから、春樹がリビングに戻っていく。父親に続き、葵も一日ぶりにリビングに続くドアを潜れば、すぐ目の前のダイニングテーブルには夕食の他に、一冊の分厚い本が置かれていた。

カバーには、目立つ赤文字で『高校音楽科入試過去問集』と書かれている。

それが〝なに〟で、〝だれのためのものか〟を理解した瞬間に、ついに葵は声を上げて泣いた。

「あーっもう！　そんな泣くなって……！」

「ばるぐん」

「やるからには中途半端じゃダメだかんな！　本気でやるんだぞ、本気で！」

「うん……っ」

ぼろぼろと涙をこぼし続ける葵に居たたまれなくなったのか、春樹はさっとキッチンに入り、とっくに出来上がっているだろう鍋の中身を掻き混ぜ始めた。春樹のあからさまな照れの態度に思わず小さく笑ってしまってから、葵は両手でべしゃべしゃになった頬を無理やり拭き、隣の父親の顔を見上げる。

「お父さん」

「なんだ？」

「……お父さんも、ありがとう」

しっかりと、気持ちをこめて感謝を告げれば、まるで眩しいものでも見るかのように、父親はすっと両の眼を細めた。今日はよく撫でられる日だなと思いながら、父親の手のひらの大きさを頭で感じ、葵はふわりと笑みを深める。

「絶対合格するからね」

「ああ」

「もっともっと上手になって、いっぱい色んな曲聴かせてあげるからね」

「ああ。……本当に、楽しみにしている」

しみじみとした父親の声に、さらにやる気を漲《みなぎ》らせつつ、葵は新品の本の表紙を撫でた。

絶対に、だれよりも上手くなる――と、春樹の言葉通りに本気を出した葵が無事音大付属高校に入学し、特待生として海外研修留学の資格を得て空港で春樹を号泣させるのは、これからさらに三年後の、また別の話である。

End.

■あとがき■

初めまして、こんにちは。一咲《かずさ》と申します。この度は『ファミリー・レポート 2』をお手に取ってくださり、誠にありがとうございます。

この話は『ファミリー・レポート』の続編になります。たくさんの思い出があるデビュー作の続編を書かせていただけたことを、本当に嬉しく思います。前巻をご購入くださった皆様、温かなご感想を下さった皆様、本当にありがとうございました。今回の続編もお楽しみいただけるものになっていることを願うばかりです。

完結させた話の続きを考えるのは大変でしたが、なんとか形にすることができて安堵しています。大変ではありましたが、以前よりスパダリ度が増した(と担当さんに指摘されて私は爆笑したのですが)水野《みずの》や、柔らかくなった瀬名《せな》の雰囲気、少しずつ大きくなっていく葵《あおい》を書くのはとても楽しかったです。

巻末SSでは、成長した葵視点も書かせていただくことができました。葵視点は書いてみたいなとずっと思っていたので、もしかしたらいちばん楽しみながら書いていたかもしれません(笑)。

また、ほんの少しだけではありますが、二冊目の『いとしき伴星の名を述べよ』の津田《つだ》先生と高崎《たかさき》も書くことができて、すごく楽しかったです。作中の三人の旅行先を三原島にしたら良いのではないかとアドバイスをくださった担当さんに改めてお礼を……！　ありがとうございました。

イラストは、前回に引き続き、ひなこ先生にお願いさせていただくことができました。ひなこ先生の水野と瀬名と葵をもう一度見ることができて、本当に嬉しくてたまりません……！　今もカバーの幸せいっぱいな三人を何度も見返しながら作業を進めています。ひなこ先生、今回も素敵なイラストの数々を、本当に本当にありがとうございました！

最後に、ここまでお読みくださった皆様に、重ねて御礼申し上げます。この度はこの本をお手に取ってくださり、誠にありがとうございました。

もし宜しければ、ご感想など頂戴できましたらとても嬉しく思います。

それでは、またどこかでお会いできることを願いつつ。失礼いたします。

（二〇一八年一月）

初出
「ファミリー・レポート 2」「アフター・レポート」書き下ろし

この本を読んでのご意見、ご感想をお寄せ下さい。
作者への手紙もお待ちしております。

あて先
〒171-0014東京都豊島区池袋2-41-6
第一シャンボールビル 7階
(株)心交社　ショコラ編集部

ファミリー・レポート 2

2018年2月20日　第1刷

著　者:一咲
発行者:林 高弘
発行所:株式会社　心交社
〒171-0014　東京都豊島区池袋2-41-6
第一シャンボールビル 7階
(編集)03-3980-6337 (営業)03-3959-6169
http://www.chocolat_novels.com/
印刷所:図書印刷 株式会社
